LA VAGUE

L'auteur

Todd Strasser, né en 1950, est new yorkais. Il a publié de nombreux romans, traduits dans plus d'une douzaine de langues.

La Vague est parue en France en 2008, chez Jean-Claude Gawsewitch Éditeur. Vendu à plus de 1,5 million d'exemplaires en Europe, le livre a été adapté au cinéma.

Todd Strasser

LA VAGUE

*Traduit de l'anglais (États-Unis)
par Aude Carlier*

JEAN-CLAUDE GAWSEWITCH ÉDITEUR

Le papier de cet ouvrage est composé de fibres naturelles, renouvelables, recyclables et fabriquées à partir de bois provenant de forêts plantées et cultivées durablement pour la fabrication du papier.

Loi n° 49 956 du 16 juillet 1949 sur les publications destinées à la jeunesse : février 2009.

Titre original : *The Wave*
Copyright © 1981 by Random House, Inc.
and T.A.T. Communications Company
This translation published by arrangement
with Random House Children's Books,
a division of Random House, Inc.

© Jean-Claude Gawsewitch Éditeur 2008

© 2009, éditions Pocket Jeunesse, département d'Univers Poche, pour la postface et la présente édition.

ISBN : 978-2-266-21333-2

Pourquoi publier ce texte ? Parce qu'il existe encore des livres rares qui marquent notre histoire et notre mémoire. *La Vague* en fait partie.

Et pourtant, au départ, c'est une histoire simple, banale, vécue dans un lycée américain, en 1969... On y parle de la Seconde Guerre mondiale, un sujet très éloigné des préoccupations des lycéens et qui devient tout à coup un élément de questionnement dévastateur : l'histoire peut-elle être un éternel recommencement ? Cette expérience réalisée aux États-Unis est un exemple et un avertissement. Il faut être vigilant chaque jour pour que « la bête immonde ne revienne pas ».

Sous une forme différente, ce récit s'inscrit dans la lignée des mémoires d'un grand nombre de déportés. Pourquoi ce livre ? Pour son aspect salutaire, car l'histoire peut se répéter. Il faut poursuivre la réflexion et le dialogue sur le fascisme, et ses répercussions actuelles. Lutter contre l'embrigadement est un besoin vital pour la société contemporaine.

Ce livre d'apprentissage et d'éducation devrait marquer les générations futures car un peuple sans mémoire est un peuple sans avenir.

Jean-Claude Gawsewitch

Avant-propos

La Vague se fonde sur un incident qui s'est réellement produit en 1969 pendant un cours d'histoire au lycée de Palo Alto, en Californie. Selon Ron Jones, le professeur concerné, personne n'en parla durant les trois années suivantes. « Il s'agit, dit-il, de l'événement le plus effrayant que j'aie jamais vécu dans une salle de classe. »

De fait, « la Vague » a ébranlé tout un lycée. Ce livre, version romancée de l'incident, décrit comment l'extraordinaire pouvoir de pression du groupe, à l'œuvre dans de nombreux mouvements politiques et religieux à travers l'histoire, peut conduire des individus à rejoindre ce genre d'organisations et, ce faisant, à abandonner leurs droits individuels

– quitte, parfois, à nuire à autrui. L'ampleur de l'impact que cette expérience a eu sur les lycéens, et ce qu'ils en ont retenu, est évoquée de façon très réaliste dans les pages qui suivent.

HARRIET HARVEY COFFIN
Consultante projet
T. A. T. Communications Company

Chapitre 1

Assise dans la salle du journal du lycée Gordon, Laurie Saunders mâchouillait le bout d'un stylo Bic. C'était une jolie fille aux cheveux châtains coupés court qui souriait presque tout le temps, sauf lorsqu'elle était préoccupée ou qu'elle mordillait un stylo. Ces derniers temps, elle en avait rongé des tonnes. En fait, il n'y avait pas un seul crayon ou stylo dans son sac qu'elle n'ait pas mâché nerveusement. Pour lutter contre le stress, c'était toujours mieux que la cigarette.

Laurie balaya la petite salle du regard. Elle était remplie de bureaux, de machines à écrire et de tables lumineuses. À cette heure-ci, la rédaction du *Gordon Grapevine*, le journal de l'établissement, aurait dû être en pleine ébullition, les journalistes en herbe apportant la dernière touche à leurs articles et les maquettistes finalisant la mise en pages du dernier numéro. Pourtant, à part Laurie, la salle était déserte. Et tout ça pourquoi ? Parce que, dehors, il faisait un temps splendide.

Elle sentit le bout du stylo craquer entre ses dents. Sa mère l'avait mise en garde contre cette manie, lui prédisant qu'un jour un de ses stylos finirait par se briser dans sa bouche et qu'elle s'étoufferait avec. Seule sa mère pouvait sortir un truc pareil, pensa Laurie en soupirant.

Elle leva les yeux vers la pendule murale. Plus que quelques minutes. Aucune règle n'obligeait ses camarades à venir travailler au journal pendant les heures de perm', mais tout le monde savait que la prochaine édition du *Grapevine* devait sortir la semaine suivante. Ne pouvaient-ils donc pas oublier leurs Frisbee, leurs cigarettes et leur bronzage pendant quelques jours, histoire de boucler le numéro à temps ?

Elle rangea son stylo dans son sac avant de ramasser ses cahiers pour le cours suivant.

C'était désespérant. Depuis trois ans qu'elle travaillait au journal, le *Grapevine* avait toujours paru en retard. Elle avait beau être la nouvelle rédactrice en chef, cela n'y changeait rien. Tant que les autres ne s'y mettraient pas, le travail n'avancerait pas.

Elle referma la porte du bureau derrière elle et traversa le couloir, presque désert. La sonnerie de l'interclasse n'avait pas encore retenti et seuls quelques lycéens traînaient ici et là. Elle passa devant deux ou trois salles et s'arrêta pour jeter un coup d'œil par la fenêtre.

À l'intérieur, Amy Smith, sa meilleure amie, une fille menue à la chevelure blonde digne de Boucle d'Or, s'ennuyait ferme. Laurie compatissait. L'année passée, elle avait, elle aussi, suivi le cours de français de M. Gabondi – une des expériences les plus pénibles de toute sa vie. Le professeur, un petit homme basané et trapu, semblait toujours en sueur, même par la plus froide des journées d'hiver. Pendant ses cours, il parlait d'une voix monotone capable d'endormir les élèves les plus attentifs. Le contenu n'était pas difficile à suivre, mais Laurie avait eu toutes les peines du monde à rester suffisamment concentrée pour obtenir un A.

En observant sa copine lutter pour ne pas perdre le fil, Laurie décida de passer à l'action et de lui changer les idées. Elle se cacha derrière la porte, le visage près de la vitre. De sa place, Amy pouvait la voir, mais pas M. Gabondi. Quand Laurie loucha en prenant un air bête, Amy se couvrit la bouche pour réprimer un éclat de rire. Laurie fit une autre grimace. Amy essaya de ne pas la regarder, mais ne put s'en empêcher tant elle guettait la suite. Puis Laurie fit sa célèbre imitation du poisson : tirant sur ses oreilles, elle loucha de nouveau et arrondit ses lèvres en cul-de-poule. Amy se retenait tellement de rire que les larmes lui montèrent aux yeux.

Laurie savait qu'elle aurait dû s'en tenir là. Mais elle s'amusait trop. Si elle continuait ses grimaces, Amy allait probablement tomber de sa chaise et se rouler par terre dans l'allée entre les bureaux. Laurie n'y résista pas. Elle se tourna dos à la porte pour ménager son effet, leva les yeux au ciel et tordit sa bouche vers le haut avant de faire volte-face.

Dans l'embrasure de la porte se tenait un M. Gabondi furieux. Derrière lui, Amy et le reste de sa classe étaient pliés en deux. Laurie en resta interdite, mais avant que le professeur ait eu le temps de la réprimander, la sonnerie retentit, et les élèves se précipitèrent dans le couloir. Amy sortit en se tenant les côtes. Tandis que M. Gabondi les fusillait du regard, les deux lycéennes s'éloignèrent bras dessus, bras dessous vers leur prochain cours, trop essoufflées pour rire davantage.

Dans la classe où il enseignait l'histoire, Ben Ross était penché au-dessus d'un vidéoprojecteur, essayant désespérément d'insérer un film dans le labyrinthe complexe de molettes et de lentilles de l'appareil. Au bout de la quatrième tentative, il n'avait toujours pas compris comment s'y prendre. Frustré, il se passa la main dans ses cheveux châtains ondulés. Toute sa vie, il avait été démuni devant les machines – les vidéoprojecteurs, les voitures… même la pompe en self-service à la station à essence du coin le rendait fou.

Il n'avait jamais réussi à trouver la raison de sa maladresse, si bien que, question machine, il s'en remettait à sa femme, Christy (qui enseignait la musique et le chant au lycée Gordon). Chez eux, elle s'occupait de tout ce qui nécessitait un peu de dextérité. Elle aimait à répéter qu'on ne pouvait même pas demander à Ben de changer une ampoule. Ce qui était exagéré, de l'avis de ce dernier : de toutes les ampoules qu'il avait changées dans sa vie, il ne se rappelait en avoir cassé que deux.

Depuis son arrivée au lycée Gordon (Ben et Christy n'y enseignaient que depuis deux ans), il avait réussi à dissimuler son manque d'habileté. Plus exactement, sa réputation grandissante de jeune professeur hors pair avait occulté le reste. Les élèves de Ben admiraient son enthousiasme : il s'investissait tant dans ses cours qu'ils s'y intéressaient malgré eux. Il était « contagieux », affirmaient-ils – leur façon à eux de dire qu'il était charismatique.

En revanche, Ross ne faisait pas l'unanimité parmi ses collègues. Certains étaient impressionnés par son énergie, son dévouement et sa créativité. On disait qu'il apportait une perspective nouvelle aux cours, et quand il le pouvait, il tentait de montrer à ses élèves les côtés pratiques, utiles de l'histoire. S'ils étudiaient le système politique, il divisait la classe en partis. S'ils se concentraient sur un procès célèbre, il désignait parmi son auditoire un accusé, les avocats de l'accusation et de la défense, et le reste constituait le jury.

Mais d'autres enseignants manifestaient plus de réserve. Certains, le décrivant comme jeune, naïf et trop zélé, affirmaient que dans quelques années il se calmerait et ferait son cours « normalement » : avec beaucoup de lectures obligatoires, des contrôles toutes les semaines et des cours magistraux. D'autres encore réprouvaient son habitude de venir au lycée sans cravate ni costume. Un ou deux auraient peut-être admis être simplement jaloux.

S'il y avait bien une chose qu'aucun professeur ne pouvait lui envier, c'était son incapacité à mater un vidéoprojecteur. Lui, d'habitude si brillant, en était réduit à se gratter la tête, les yeux rivés sur la pellicule s'échappant de l'appareil. Dans quelques minutes, ses élèves de terminale allaient arriver ; il attendait de leur montrer ce film depuis des semaines. Pourquoi l'école de formation des professeurs n'avait-elle pas prévu un cours sur le maniement des vidéoprojecteurs ?

Ross rembobina la pellicule et la remit dans sa boîte. Il trouverait bien un petit prodige de l'audiovisuel parmi ses élèves qui l'installerait en un instant. Il retourna à son bureau, où il prit la pile de devoirs corrigés qu'il voulait rendre avant la projection du film.

Les notes étaient de plus en plus prévisibles, pensa Ben en feuilletant les copies. Comme d'habitude, il y avait deux A, pour Laurie Saunders et Amy Smith. Un seul A –, puis le lot normal de B et de C. Et pour finir, deux D. Le premier allait à Brian Ammon, le *quarterback* de l'équipe de football américain. Loin d'être idiot, il aurait pu mieux faire s'il s'était donné un peu de mal, mais les mauvaises notes semblaient l'amuser. L'autre D était pour Robert Billings, le souffre-douleur de la classe. Ross secoua la tête. Le petit Billings lui posait un sérieux problème.

À la sonnerie, les portes s'ouvrirent en claquant et les élèves se ruèrent dans les couloirs. Bizarrement, ils semblaient toujours pressés de quitter un cours, mais prenaient tout leur temps pour se rendre au suivant. Dans l'ensemble, Ben trouvait que la vie au lycée était aujourd'hui plus agréable que par le passé. Néanmoins, quelques détails le tracassaient. Le premier problème, c'était la désinvolture de ses élèves vis-à-vis de la ponctualité. Parfois, le temps que tout le monde s'installe, il perdait entre cinq et dix précieuses minutes de cours. À son époque, si on n'était pas en cours à la deuxième sonnerie, on avait du souci à se faire.

L'autre problème concernait les devoirs à rendre. Les gosses ne se sentaient même plus obligés de les faire. On pouvait toujours s'époumoner, les menacer de leur coller un F ou de les envoyer en retenue, ils s'en moquaient. Les devoirs étaient devenus pour ainsi dire facultatifs. Comme l'avait résumé un de ses élèves de seconde : « Bien sûr, m'sieur Ross, je sais que les devoirs sont importants, mais ma vie sociale passe avant tout. »

Ben ricana. *La vie sociale, ben voyons.*

La classe commençait à se remplir. Ross aperçut le petit ami de Laurie Saunders, David Collins : grand, joli garçon, il jouait arrière dans l'équipe de foot.

« David, lança Ross, tu pourrais t'occuper du projecteur, s'il te plaît ?

— Bien sûr. »

Sous les yeux de son professeur, David s'accroupit à côté de l'appareil et se mit au travail. En quelques minutes à peine, il réussit à amorcer le film avec des gestes habiles. Ben le remercia en souriant.

Robert Billings entra dans la salle d'un pas traînant. Comme d'habitude, les pans de sa chemise dépassaient de son pantalon et ses cheveux étaient en bataille, comme s'il ne se donnait jamais la peine de se peigner le matin.

« On va regarder un film ? demanda le garçon en voyant le projecteur.

— Mais non, crétin, rétorqua un élève nommé Brad, dont le passe-temps favori était de le tourmenter. M. Ross l'a installé juste pour le plaisir.

– Brad, ça suffit », dit Ben d'un ton sec.

Jugeant la classe suffisamment pleine, il commença à distribuer les copies.

« Bon, fit-il d'une voix sonore pour attirer l'attention. Voilà les devoirs de la semaine dernière. Dans l'ensemble, vous avez bien travaillé. » Il allait et venait entre les tables en remettant les copies. « Mais je vous le signale encore une fois. Plus ça va, plus ces copies sont sales. » Il s'arrêta et brandit une feuille. « Regardez-moi ça. Est-il vraiment nécessaire de gribouiller dans la marge d'un devoir ? »

Un gloussement s'éleva de la classe.

« Qui a fait ça ? s'enquit quelqu'un.

– Ça ne vous regarde pas. » Ben continua la distribution. « À partir de maintenant, j'enlèverai des points aux copies trop négligées. Si vous avez fait beaucoup de corrections ou d'erreurs, recopiez votre devoir au propre. C'est compris ? »

Quelques lycéens hochèrent la tête. D'autres ne l'avaient même pas écouté. Ben regagna le devant de la classe et descendit l'écran. C'était la troisième fois du semestre qu'il leur reprochait leur manque de soin.

Chapitre 2

Ils étudiaient la Seconde Guerre mondiale. Le film que Ben voulait leur montrer ce jour-là était un documentaire sur les atrocités commises par les nazis dans les camps de concentration. Dans la salle plongée dans l'obscurité, les élèves ne quittaient pas l'écran des yeux. Ils voyaient des hommes et des femmes émaciés, tellement affamés qu'ils ressemblaient à des squelettes ambulants. Des gens dont les jambes étaient si maigres que leurs rotules saillaient sous la peau.

Ben avait déjà regardé ce film plusieurs fois, et d'autres du même genre. Mais la vue d'une cruauté si inhumaine, si impitoyable, ne cessait de l'horrifier, de le mettre en colère. Tandis que le film défilait, il s'adressa à ses élèves la voix chargée d'émotion.

« Ce que vous voyez s'est produit en Allemagne entre 1934 et 1945. C'est le fait d'un homme appelé Adolf Hitler, un ancien manœuvre, gardien et peintre en bâtiment qui se lança en politique après la Première Guerre mondiale. L'Allemagne avait perdu cette guerre, sa puissance était au plus bas, l'inflation au plus haut, et des milliers de personnes se retrouvaient sans abri, sans emploi, sans rien à manger.

« Hitler y vit une opportunité de grimper rapidement dans la hiérarchie du parti nazi. Il embrassa la doctrine présentant les Juifs comme les destructeurs de la civilisation et les Allemands comme la race supérieure. De nos jours, nous savons que Hitler était paranoïaque, psychopathe… littéralement fou. En 1924, il fut jeté en prison pour ses activités politiques, ce qui ne l'empêcha pas en 1933 d'arriver à la tête du gouvernement avec son parti. »

Ben s'interrompit un instant pour laisser ses élèves se concentrer sur le documentaire. Il montrait maintenant les chambres à gaz et des piles de cadavres disposés comme des bûches. Les prisonniers squelettiques avaient la macabre tâche d'empiler les morts, sous la surveillance des soldats nazis. Ben sentit son estomac se retourner. Comment était-il possible qu'un individu inflige cela à un autre ?

Il s'adressa de nouveau à ses élèves.

« Les camps de la mort constituaient ce que Hitler appelait "la solution finale à la question juive". Pourtant, les nazis n'y envoyaient pas seulement les Juifs, mais tous ceux qu'ils considéraient indignes d'appartenir à la race supérieure. Les détenus étaient acheminés vers les camps depuis les quatre coins de l'Europe, où ils enduraient travaux forcés, famine et torture. Dès qu'ils devenaient trop faibles pour travailler, ils étaient exterminés dans les chambres à gaz. Leurs dépouilles finissaient ensuite dans des fours crématoires. » Ben marqua une pause, avant d'ajouter : « Dans ces camps, l'espérance de vie des prisonniers était de deux cent soixante-dix jours. Mais beaucoup ne survivaient pas plus d'une semaine. »

À l'écran, on voyait les bâtiments qui abritaient les fours. Ben allait dire aux lycéens que la fumée sortant des cheminées venait de l'incinération des cadavres. Mais il s'abstint. Le film en lui-même constituait une expérience suffisamment terrible Dieu merci, l'homme n'avait pas encore inventé un moyen de diffuser les films en odorama, car le pire aurait été de sentir la puanteur, la puanteur de l'acte le plus odieux jamais commis dans toute l'histoire de l'humanité.

Tandis que le documentaire touchait à sa fin, Ben déclara :

« En tout, les nazis ont assassiné plus de dix millions d'hommes, de femmes et d'enfants dans leurs camps d'extermination. »

Une fois le film terminé, un élève près de la porte ralluma la lumière. En balayant la classe du regard, Ben constata que la majorité des lycéens était ébahie. Il n'avait pas voulu les choquer, mais il savait que le documentaire provoquerait cette réaction. La plupart d'entre eux avaient grandi dans la petite ville de banlieue qui s'étendait paresseusement autour du lycée Gordon. Ils étaient issus de familles bourgeoises stables et, malgré l'omniprésence de la violence dans les médias, ils étaient restés étonnamment naïfs et protégés. Même à cet instant, certains faisaient les imbéciles. Le film, dans toute sa misère et son horreur, ne devait leur sembler qu'un programme télévisé parmi tant d'autres. Assis près des fenêtres, Robert Billings dormait sur son bureau, la tête enfouie dans ses bras croisés. En revanche, au premier rang, Amy Smith essuya une larme. À côté d'elle, Laurie Saunders paraissait, elle aussi, bouleversée.

« Je sais que beaucoup d'entre vous sont sous le choc, reprit Ben. Mais je ne vous ai pas montré ce film simplement pour vous émouvoir. Je veux que vous réfléchissiez à ce que vous venez de voir et à ce que je vous ai dit. Des questions ? »

Amy Smith leva aussitôt la main.

« Oui, Amy ?

— Tous les Allemands étaient-ils nazis ?

— Non. En fait, moins de dix pour cent de la population allemande appartenait au parti nazi.

— Alors, pourquoi personne n'a essayé de les arrêter ?

– Je ne peux pas répondre avec certitude à cette question, Amy… J'imagine qu'ils avaient peur. Les nazis étaient peut-être une minorité, mais une minorité très organisée, armée et dangereuse. Vous ne devez pas oublier que le reste de la population n'était ni organisé ni armé, et vivait dans la terreur. De plus, le pays venait de traverser une période difficile d'inflation qui l'avait pour ainsi dire ruiné. Certains espéraient sans doute que les nazis réussiraient à redresser le pays. De toute façon, après la guerre, la plupart des Allemands affirmèrent qu'ils ne savaient rien des atrocités commises. »

Vers le fond de la salle, un lycéen noir prénommé Eric leva brusquement la main.

« C'est n'importe quoi, lança-t-il. Comment pourrait-on massacrer dix millions de gens sans que personne s'en aperçoive ?

– C'est vrai, approuva Brad, celui qui avait chambré Robert Billings avant le début du cours. C'est impossible. »

À l'évidence, le film avait touché une grande partie de la classe. Ben se réjouissait d'avoir piqué leur intérêt.

« Eh bien... Tout ce que je peux vous dire, c'est qu'après la guerre les Allemands affirmèrent qu'ils ignoraient l'existence des camps de concentration et des tueries. »

Laurie Saunders leva la main à son tour.

« Mais Eric a raison. Comment les Allemands ont-ils pu laisser les nazis assassiner des gens presque sous leurs yeux pour ensuite affirmer qu'ils n'en savaient rien ? Comment ont-ils pu faire une chose pareille ? Comment ont-ils même pu *dire* une chose pareille ?

– Ma seule réponse, c'est que les nazis étaient extrêmement bien organisés et redoutés de tous. L'attitude du reste de la population demeure un mystère... Pourquoi n'avoir rien fait pour les arrêter ? Pourquoi affirmer ne pas être au courant ? Nous n'en savons rien. »

Eric leva la main une nouvelle fois.

« Moi, en tout cas, je ne laisserais jamais une minorité de ce genre gouverner la majorité.

– Ouais, fit Brad. C'est pas un ou deux nazis qui me forceraient à dire que je n'ai rien vu ni rien entendu. »

D'autres mains se levèrent, mais avant que Ben ait pu donner la parole à quelqu'un, la sonnerie retentit et les élèves commencèrent à se ruer dehors.

David Collins se leva. Son estomac gargouillait comme jamais. Ce matin-là, il s'était réveillé en retard et avait dû sauter son triple petit-déjeuner habituel pour arriver à l'heure au lycée. Même si le film que leur avait montré le Pr Ross l'avait vraiment retourné, il ne pouvait penser à autre chose qu'à la pause-déjeuner – qui était maintenant.

Il se tourna vers Laurie Saunders, sa petite amie, toujours assise sur sa chaise.

« Tu viens Laurie ? la pressa-t-il. Il faut qu'on se dépêche de descendre à la cafétéria. Sinon, on va se retrouver au bout de la file. »

Lui faisant signe de partir devant, elle répondit :

« Je te rejoins tout à l'heure. »

David fronça les sourcils. Il hésitait entre attendre sa petite amie et remplir son estomac qui criait famine. La cause de l'estomac l'emporta et l'adolescent sortit dans le couloir.

Après son départ, Laurie se leva et regarda M. Ross droit dans les yeux. Il ne restait plus que quelques élèves dans la classe. Mis à part

Robert Billings, qui se réveillait seulement de sa petite sieste, il s'agissait de ceux que le film avait le plus marqués.

« Je n'arrive pas à croire que tous les nazis aient pu être si cruels, avoua Laurie à son professeur. Je n'arrive pas à croire que quiconque puisse être si cruel. »

Ben opina avant de répondre :

« Après la guerre, beaucoup de nazis essayèrent d'excuser leur comportement en expliquant qu'ils n'avaient fait que suivre les ordres et qu'ils se seraient fait tuer s'ils avaient désobéi.

– Non, ce n'est pas une excuse, objecta Laurie en secouant la tête. Ils auraient pu s'enfuir. Ils auraient pu riposter. Ils voyaient de leurs propres yeux ce qui se passait, ils n'étaient pas stupides. Ils pouvaient penser par eux-mêmes. Personne ne pourrait obéir à un ordre de ce genre sans se poser de questions.

– C'est pourtant ce qu'ils ont affirmé.

– Il faut être malade, répondit Laurie, secouant de nouveau la tête, la voix pleine de dégoût. Complètement malade. »

Ben ne put qu'acquiescer.

Robert Billings essaya de passer discrètement devant le bureau de Ben.

« Robert, attends un instant. »

Le garçon se figea, mais ne regarda pas son professeur en face.

« Tu dors suffisamment chez toi ? » lui demanda celui-ci.

Robert hocha bêtement la tête.

Ben soupira. Tout au long du semestre, il avait tenté de communiquer avec cet élève. Il ne supportait pas que ses camarades le charrient sans cesse et se désolait qu'il n'essaye même pas de s'intéresser au cours.

« Robert, reprit-il d'une voix ferme, si tu ne te décides pas à participer, je ne pourrai pas te mettre la moyenne. À cette allure, tu n'auras jamais ton bac. »

Le garçon leva les yeux vers le professeur, avant de se détourner.

« Tu n'as donc rien à dire ?

— Je m'en fiche, déclara Robert en haussant les épaules.

— Comment ça, tu t'en fiches ? »

Robert fit quelques pas vers la porte. Ben voyait bien que ses questions l'embarrassaient.

« Robert ? »

Le garçon s'arrêta, mais évitait toujours de le regarder.

« Je n'y arriverai pas, de toute façon », marmonna-t-il.

Ben ne sut que dire. Robert était un cas difficile : un cadet pataugeant dans l'ombre de son aîné, quintessence de l'élève modèle, le garçon le plus populaire de l'école. Au lycée, Jeff Billings avait été le lanceur star du championnat de base-ball ; il jouait maintenant dans l'équipe réserve des Baltimore Orioles, tout en étudiant la médecine pendant l'intersaison. Premier de la classe durant toute sa scolarité, il avait toujours réussi tout ce qu'il entreprenait. Le genre de type que Ben méprisait dans sa jeunesse.

Voyant qu'il ne pourrait jamais rivaliser avec son frère, Robert avait manifestement décidé que ce n'était pas la peine d'essayer.

« Écoute, Robert, personne ne te demande d'être un autre Jeff Billings. »

Le garçon jeta un coup d'œil vers son professeur tout en se rongeant nerveusement l'ongle du pouce.

« Tout ce qu'on te demande, c'est de faire un effort.

– Il faut que j'y aille », répondit Robert, les yeux rivés au sol.

Mais le lycéen se dirigeait déjà à pas lents vers la porte.

Chapitre 3

David était assis à l'une des tables situées dans la cour devant la cafétéria. Le temps que Laurie le rejoigne, il avait déjà englouti la moitié de son déjeuner et se sentait beaucoup mieux. Tandis que sa petite amie posait son plateau près du sien, il vit Robert Billings se diriger lui aussi vers la cour.

« Hé, regarde », murmura David à Laurie pendant qu'elle s'asseyait près de lui.

Robert sortit de la cafétéria le plateau à la main, cherchant une place où s'asseoir. Fidèle à lui-même, il avait commencé à manger debout sur le seuil : une moitié de hot-dog lui sortait de la bouche.

Il choisit une table où deux autres filles de la classe d'histoire de M. Ross avaient pris place.

Dès qu'il posa son plateau, elles se levèrent d'un même mouvement pour aller s'installer ailleurs. Robert fit comme s'il n'avait rien remarqué.

David secoua la tête.

« L'intouchable du lycée… marmonna-t-il.

— Tu crois qu'il a vraiment un problème ? demanda Laurie.

— J'en sais rien. Autant que je m'en souvienne, il a toujours été bizarre. D'un autre côté, si on me traitait de cette façon, moi aussi je deviendrais bizarre. Ce qui m'épate, c'est que lui et son frère puissent venir de la même famille.

— Je t'ai déjà dit que ma mère connaît sa mère ?

— Ah bon ? Et elle parle beaucoup de son fils à ta mère ?

— Jamais. Sauf une fois, où elle lui a dit que Robert venait de passer une série de tests ; contre toute attente, il a un QI normal. Il n'est pas retardé, ni rien.

— Juste bizarre », conclut David avant de réattaquer son déjeuner.

De son côté, Laurie picorait à peine dans son assiette. Elle semblait préoccupée.

« Qu'est-ce qu'il y a ?

– C'est ce film, David. Il m'a vraiment retournée. Pas toi ? »

Après un instant de réflexion, il répondit :

« Si, bien sûr. C'est vraiment horrible. Mais ça s'est passé il y a longtemps, Laurie. Pour moi, c'est de l'histoire ancienne. On ne peut pas revenir en arrière.

– Non, mais on ne peut pas l'oublier non plus. »

Elle se força à mordre dans son hamburger, mais fit aussitôt la grimace et le reposa sur son plateau.

« Peut-être, mais tu ne vas pas passer ta vie à déprimer à cause de ça », déclara David. Sur ces mots, il lorgna le hamburger intact de Laurie. « Tu comptes le manger ? »

Elle fit non de la tête. Le documentaire lui avait coupé l'appétit.

« Vas-y, tu peux le prendre. »

David finit non seulement son sandwich, mais aussi ses frites, sa salade et sa glace. Laurie regardait dans sa direction sans le voir vraiment.

« Miam, fit David en s'essuyant les lèvres avec sa serviette.

– Tu veux autre chose ?

– Maintenant que t'en parles…

– Salut ! La place est libre ? s'enquit une voix derrière eux.

– J'étais là la première ! » protesta une autre.

Amy Smith et Brian Ammon, le *quarterback*, étaient arrivés à leur table en même temps.

« Comment ça, t'étais là la première ? s'indigna Brian.

– Euh… en tout cas, c'était mon intention.

– L'intention, on s'en fiche. En plus, je dois parler football avec David.

– Et moi, je dois parler à Laurie.

– Et de quoi ?

– De n'importe quoi, histoire de lui tenir compagnie pendant que vous deux vous discutez de votre foot à la noix.

– Arrêtez, intervint Laurie. Il y a assez de place pour deux.

– Pour deux, oui, mais avec ces grands gaillards, il faut au moins trois places, rétorqua Amy avec un signe de tête vers Brian et David.

– Très drôle », grommela Brian.

David et Laurie se décalèrent pour que les nouveaux venus s'installent près d'eux. Amy exagérait à peine en évoquant le gabarit des deux footballeurs : Brian portait deux plateaux couverts de nourriture.

« T'as vraiment l'intention de manger tout ça ? » demanda David en tapotant le dos de son ami.

Brian n'était pas très baraqué pour un *quarterback*. David, qui jouait arrière, faisait une bonne tête de plus que lui.

« Je dois prendre un peu de poids, expliqua-t-il en commençant à dévorer son déjeuner. J'aurai besoin de toutes mes forces contre les gars de Clarkstown samedi prochain. Ils sont costauds. Énormes, même. J'ai entendu dire qu'un de leurs plaqueurs faisait un mètre quatre-vingt-dix pour cent kilos.

– Je ne vois pas pourquoi tu t'inquiètes, rétorqua Amy. S'il est si lourd, il ne doit pas courir bien vite. »

Brian leva les yeux au ciel.

« Il n'a pas besoin de courir, Amy, expliqua-t-il. Tout ce qu'on lui demande, c'est d'écraser des *quarterbacks*.

– Vous avez une chance de gagner ? voulut savoir Laurie, qui pensait déjà au compte rendu du match pour le *Grapevine*.

– J'en sais rien, admit David. Notre équipe manque de cohésion. On a pris du retard sur les tactiques et le reste. La moitié des gars ne se pointent même pas à l'entraînement.

– C'est vrai, renchérit Brian. Schiller, notre entraîneur, a dit qu'il renverrait de l'équipe tous ceux qui sécheraient. Mais s'il tient parole, on ne sera plus assez pour jouer. »

Comme le sujet semblait clos, Brian mordit dans son deuxième hamburger.

Les pensées de David dérivèrent vers une autre question d'importance.

« Au fait, l'un d'entre vous est-il bon en algèbre ?

– T'as choisi l'algèbre en option ? Pour quelle raison ? s'enquit Amy.

– J'en aurai besoin pour mon école d'ingénieur.

– Alors pourquoi t'attends pas d'être à l'université ? suggéra Brian.

– Ben, il paraît que les cours sont si compliqués qu'on doit les suivre deux ans de suite pour tout comprendre. Du coup j'ai décidé de prendre un peu d'avance. »

Amy donna un petit coup de coude dans les côtes de Laurie.

« Tu veux mon avis ? Ton petit ami est bizarre, déclara-t-elle.

– À propos de bizarre… », chuchota Brian en désignant Robert Billings d'un signe de tête.

Ils suivirent tous son regard. Seul à sa table, Robert Billings semblait absorbé dans la lecture d'un numéro de *Spider-Man*. Il lisait en remuant les lèvres et son menton était maculé de ketchup.

« Vous avez vu, en classe ? Il a dormi pendant tout le film, fit remarquer Brian.

– N'en parle pas à Laurie, lui dit David. Elle est toute chamboulée.

– Hein ? À cause du film ?

– Es-tu vraiment obligé de le dire à tout le monde ? dit Laurie d'un ton cinglant en lançant un regard mauvais à David.

– Ben quoi ? C'est vrai, non ?

– Oh, fiche-moi la paix…

– Je comprends ce que tu ressens, intervint Amy. J'ai trouvé ça horrible.

— Tu vois ! s'exclama Laurie en se tournant vers David. Je ne suis pas la seule à être choquée.

— Hé, je n'ai jamais dit que je n'étais pas choqué, répondit-il sur la défensive. J'ai simplement dit que c'était du passé. Qu'il fallait tourner la page. C'est arrivé une fois et le monde entier a retenu la leçon. Ça n'arrivera plus.

— Je l'espère, soupira Laurie en prenant son plateau.

— Où vas-tu ?

— Je dois aller bosser sur le prochain numéro du *Grapevine*.

— Attends, lança Amy, je t'accompagne. »

David et Brian regardèrent les deux lycéennes s'éloigner.

« Ben dis donc, fit Brian. Ce film l'a vraiment remuée, on dirait.

— Ouais. Tu sais, elle prend toujours ce genre de trucs trop au sérieux. »

Amy Smith et Laurie Saunders papotaient dans la salle du journal. Amy ne faisait pas partie de la rédaction, mais elle venait souvent au bureau pour y retrouver Laurie. Comme la porte fermait à clef, Amy pouvait fumer à la fenêtre tranquillement, la main tenant la cigarette glissée à l'extérieur. Si un professeur arrivait, elle n'avait qu'à laisser tomber son mégot dehors, sans craindre d'être trahie par l'odeur de tabac.

« Ce documentaire était vraiment horrible », déclara Amy.

Laurie hocha la tête sans répondre.

« Vous êtes fâchés, toi et David ?

— Oh, pas vraiment, répondit Laurie en souriant malgré elle. Il m'énerve un peu, à ne penser qu'au foot ! Il est… je sais pas comment dire… vraiment limité, parfois. À part le sport, rien ne compte !

— Mais il a de bonnes notes. Au moins il n'est pas stupide comme Brian. »

Les deux filles gloussèrent en s'échangeant un regard complice, puis Amy demanda :

« Pourquoi veut-il devenir ingénieur ? Il n'y a rien de plus barbant…

— En fait, son truc, c'est l'informatique. Tu savais qu'il avait un ordinateur chez lui ? Il l'a monté tout seul.

– Sans blague ? Comment pouvais-je ignorer un scoop pareil ? railla Amy. Et toi, tu sais ce que tu vas faire l'année prochaine ?

– Pas encore. On emménagera peut-être ensemble. Si on est acceptés dans la même fac.

– Tes parents vont être ravis !

– Je ne crois pas que ça les embête vraiment...

– Pourquoi ne pas vous marier, tout simplement ? »

Laurie fit la grimace avant de répondre :

« Quelle idée, Amy ! D'accord, je l'aime, mais qui voudrait se marier à notre âge ?

– En tout cas, moi, si David me demandait en mariage, j'y réfléchirais sérieusement...

– Tu veux que je lui en glisse un mot ? s'enquit Laurie en riant.

– Arrête, tu sais bien à quel point il tient à toi. Il ne regarde même pas les autres filles.

– J'espère bien. »

Au cours de la conversation, Laurie avait senti comme une trace d'amertume dans la voix d'Amy. Depuis que Laurie sortait avec David, Amy voulait elle aussi se trouver un footballeur. Parfois, Laurie regrettait que leur amitié repose en partie sur une compétition permanente, souvent à propos des garçons, des notes, de la popularité… bref, de presque tout. Même si chacune considérait l'autre comme sa meilleure amie, cette compétition incessante les empêchait d'être vraiment proches.

Soudain, quelqu'un frappa bruyamment à la porte avant d'actionner la poignée. Les deux lycéennes sursautèrent.

« Qui est là ? demanda Laurie.

– M. Owens, votre principal, gronda une voix grave. Pourquoi cette porte est-elle verrouillée ? »

Les yeux écarquillés par la peur, Amy lâcha aussitôt sa cigarette et s'empressa de fouiller dans son sac à la recherche d'un chewing-gum ou d'un bonbon à la menthe.

« Oh ! J'ai dû la fermer sans m'en rendre compte, mentit Laurie en gagnant la porte.

– Eh bien, ouvrez-la tout de suite ! »

Amy semblait terrifiée. Laurie lui lança un regard impuissant avant d'ouvrir.

Dans le couloir se tenaient Carl Block, le reporter d'investigation du *Grapevine*, et Alex

Cooper, le critique musical. Ils affichaient un sourire hilare.

« Vous deux alors ! » pesta Laurie.

Lorsque le duo de farceurs le plus célèbre du lycée entra dans la salle, Amy faillit s'évanouir.

Carl était un grand type blond plutôt mince. Alex, brun et trapu, avait son casque de Walkman sur les oreilles.

« Qu'est-ce que vous trafiquez ? Rien d'illégal, j'espère ? lança Carl avec une mine de conspirateur.

– Tu parles ! À cause de toi, j'ai gâché une cigarette à peine entamée ! gémit Amy.

– Tss-tss, fit Alex, l'air désapprobateur.

– Alors, comment va le journal ? voulut savoir Carl.

– À ton avis ? rétorqua Laurie, exaspérée. Aucun de vous deux n'a rendu son article pour le prochain numéro.

– Oh ! oh ! » Alex jeta un coup d'œil à sa montre, puis recula d'un pas vers la porte. « Je viens juste de me rappeler que j'ai un avion à prendre pour l'Argentine !

– Je t'amène à l'aéroport ! » renchérit Carl, qui le suivit dans le couloir.

Laurie se tourna vers Amy et secoua la tête d'un air las.

« Ces deux-là, je te jure... », marmonna-t-elle en agitant un poing vengeur.

Chapitre 4

Ben Ross était préoccupé. Il n'aurait su dire pourquoi, mais les questions de ses élèves après le documentaire avaient soulevé de nombreuses interrogations. Pourquoi avait-il été incapable de leur donner des réponses satisfaisantes ? Le comportement de la majorité des Allemands sous le régime nazi était-il si inexplicable ?

Cet après-midi-là, avant de quitter le lycée, le professeur avait emprunté une quantité incroyable de livres à la bibliothèque. Comme sa femme, Christy, passait la soirée au tennis avec des copines, il avait pu disposer d'un long moment de réflexion. Pourtant, après avoir parcouru la plupart de ces ouvrages, Ben commençait à croire qu'il ne trouverait nulle part de réponse satisfaisante. Les historiens savaient-ils qu'on ne pouvait répondre à cette question par des mots ? Était-il donc nécessaire d'avoir vécu cet épisode tragique pour être en mesure de le comprendre ? À défaut, fallait-il recréer une situation similaire pour y parvenir ?

Cette idée l'intriguait. Supposons, pensa-t-il, supposons que je prenne une heure de cours, ou peut-être même deux, pour mener une petite expérience. Pour essayer de montrer à mes élèves à quoi ressemblait la vie quotidienne dans l'Allemagne nazie. S'il trouvait le bon moyen pour conduire cette expérience, il était certain que les lycéens en retireraient bien plus que de n'importe quelle explication académique. Cela valait vraiment la peine d'essayer.

Ce soir-là, Christy Ross ne revint qu'à vingt-trois heures passées. Après le tennis, elle avait dîné au restaurant avec une amie. En rentrant, elle trouva son mari assis à la table de la cuisine, au milieu d'une montagne de livres.

« Tu fais tes devoirs ? plaisanta-t-elle.

– Dans un sens, oui », répondit-il sans lever le nez de sa lecture.

Christy remarqua un verre vide et une assiette pleine de miettes de sandwich posés en équilibre sur l'un des volumes.

« Bon, au moins tu ne t'es pas laissé mourir de faim », déclara-t-elle en emportant le tout vers l'évier.

Toujours plongé dans son livre, son mari ne répondit pas.

« Je parie que tu meurs d'impatience d'apprendre que j'ai battu Betty Lewis à plate couture, le railla-t-elle.

– Hein ? fit-il en levant enfin la tête.

– J'ai dit que j'avais battu Betty Lewis. »

Ben la regarda avec des yeux ronds.

Christy éclata de rire.

« Betty Lewis. Tu sais, celle contre qui je n'arrive jamais à gagner plus d'un jeu ou deux par set. Ce soir, je l'ai battue. En deux sets. Six-quatre, sept-cinq.

– Ah, euh… c'est chouette », répondit-il d'un air distrait avant de reprendre le fil de sa lecture.

Ce manque de tact aurait vexé n'importe qui, mais pas Christy. Elle savait que Ben était le genre de personne qui s'investissait dans ses activités. Ou plutôt qui s'y absorbait à fond, au point qu'il tendait à oublier le reste du monde. Elle se souvenait encore de l'époque où, à l'université, il s'était intéressé aux Indiens d'Amérique. Pendant des mois, il n'avait vécu que pour les Indiens, oubliant tout le reste. Le week-end, il allait visiter des réserves ou bien passait des heures à chercher de vieux livres dans des bibliothèques poussiéreuses. Il était même allé jusqu'à inviter des Indiens à dîner ! Et à porter des mocassins en daim ! Parfois, Christy s'était demandé s'il pousserait le vice jusqu'à se recouvrir le corps de peintures de guerre.

Ben était comme ça. Un été, elle lui avait appris à jouer au bridge. Au bout d'un mois, non seulement il était devenu meilleur qu'elle, mais il la rendait folle, insistant pour jouer au bridge à toute heure du jour et de la nuit. Il ne s'était calmé que lorsqu'il avait remporté un tournoi local, se retrouvant à court d'adversaires à sa mesure. C'était parfois effrayant, cette habitude de se perdre dans chaque nouvelle aventure.

Christy jeta un œil vers les livres éparpillés sur la table et soupira.

« De quoi s'agit-il, cette fois-ci ? Encore tes Indiens ? L'astronomie ? L'éthologie des orques ? »

Face au silence de son mari, elle prit quelques ouvrages.

« *Le IIIe Reich : des origines à la chute* ? *Les Jeunesses hitlériennes* ? lut-elle, les sourcils froncés. Qu'est-ce que tu fabriques ? Tu bachotes pour passer ton diplôme de dictateur ?

– Ce n'est pas drôle, marmonna-t-il sans lever la tête.

– Tu as raison », soupira-t-elle.

Ben Ross se redressa sur sa chaise pour regarder sa femme.

« Aujourd'hui, l'un de mes élèves m'a posé une question à laquelle je n'ai pas su répondre.

– Et alors ?

– Le problème, c'est que la réponse ne figure dans aucun livre. Peut-être que les élèves doivent la trouver par eux-mêmes. »

Christy hocha la tête.

« Bon, fit-elle. Je vois que la nuit va être longue. Rappelle-toi que demain tu dois être en forme pour assurer tous tes cours de la journée.

– Je sais, je sais. »

Elle se pencha pour déposer un baiser sur le front de son mari.

« Essaye de ne pas me réveiller. Enfin, si tu viens te coucher… »

Chapitre 5

Le lendemain, les élèves entrèrent en classe au ralenti, comme d'habitude. Certains allèrent s'asseoir directement, d'autres restèrent debout pour papoter. Robert Billings, assis comme toujours près des fenêtres, faisait des nœuds à la cordelette des stores. Brad, qui ne manquait jamais une occasion de le tourmenter, en profita pour venir lui tapoter le dos, lui collant au passage sur la chemise un petit papier où l'on pouvait lire : « Je suis un âne. »

Un cours d'histoire ordinaire, en somme. Mais l'atmosphère changea lorsque les lycéens remarquèrent la phrase écrite en grosses lettres au tableau : LA FORCE PAR LA DISCIPLINE.

« Qu'est-ce que ça veut dire ? demanda un élève à Ben.

– Je vous le dirai dès que vous serez tous assis. » Une fois qu'ils furent installés, le professeur commença le cours. « Aujourd'hui, je vais vous parler de discipline. »

Un gémissement collectif s'éleva dans la classe. Avec certains profs, les élèves s'attendaient à s'ennuyer, mais les cours de Ben Ross étaient plutôt bons d'habitude – par exemple, on n'y parlait jamais de trucs barbants comme la discipline.

« Attendez, leur dit-il. Avant de juger, donnez-moi une chance. Ça pourrait être intéressant.

– Ben voyons, railla quelqu'un.

– C'est pourtant vrai. Quand je vous parle de discipline, je vous parle en fait de pouvoir, déclara-t-il en serrant le poing pour donner de la force à son propos. Et de réussite. La réussite par la discipline. Y a-t-il quelqu'un dans la classe que le pouvoir et la réussite n'intéressent pas ?

– Robert, probablement, lança Brad, ce qui en fit ricaner quelques-uns.

– Passons... David, Brian et Eric, vous êtes dans l'équipe de football. Vous savez déjà qu'il faut de la discipline pour gagner.

– Ce qui explique sans doute qu'on n'ait pas remporté un seul match en deux ans », répondit Eric, déclenchant l'hilarité générale.

Il fallut plusieurs minutes au professeur pour les ramener au calme.

« Écoutez…, reprit-il en se tournant vers une jolie élève rousse qui semblait se tenir plus droite que ses camarades. Andrea, tu fais de la danse classique. Ne faut-il pas de longues heures de travail intensif pour être danseuse étoile ? »

Elle acquiesça. Ross s'adressa alors au reste de la classe.

« Il en va de même pour tous les arts. La peinture, l'écriture, la musique… Il faut des années de dur labeur et de discipline pour les maîtriser. De dur labeur, de discipline et de contrôle.

– Et alors ? le coupa un élève avachi sur sa chaise.

– Et alors ? Je vais vous montrer. Supposons que je puisse prouver qu'on peut obtenir le pouvoir par la discipline. Supposons qu'on puisse le faire tout de suite, dans cette classe. Qu'en diriez-vous ? »

S'attendant à d'autres plaisanteries, Ben fut surpris par le silence qui accueillit ses paroles. Contre toute attente, il avait éveillé l'intérêt et la curiosité des lycéens. Il contourna son bureau et plaça sa chaise en bois sous le tableau, de manière que tous puissent la voir.

« Bien, fit-il. La discipline commence dès la posture. Amy, viens-là un instant. »

Lorsqu'elle se leva, Brian marmonna :

« Chouchoute. »

D'habitude, cela aurait suffi à faire rire toute la classe, mais seuls quelques élèves pouffèrent. Les autres l'ignorèrent, trop occupés à se demander ce que le professeur avait en tête.

Lorsque Amy s'assit sur la chaise, Ben lui indiqua comment se positionner.

« Mets tes mains à plat sur tes hanches et force ta colonne à se redresser. Voilà, tu respires mieux, non ? »

Dans la classe, la majorité des élèves adopta la même position. Cependant, même s'ils se tenaient plus droits, certains ne pouvaient s'empêcher de trouver la scène comique. David fut le suivant à faire le malin.

« Moi qui croyais être en cours d'histoire, j'ai dû me tromper de chemin et atterrir en EPS par erreur. »

Les rares qui rigolèrent n'en essayèrent pas moins d'améliorer leur posture.

« Allez, David, lança Ben. Essaye. On a eu notre quota de plaisanteries pour la journée. »

David se redressa en maugréant. Pendant ce temps, le professeur passait dans les rangs, vérifiant la position de chaque élève. Incroyable, pensa Ross. Pour une raison ou pour une autre, il les avait captivés. Même Robert…

« Écoutez, annonça-t-il. Je veux que chacun d'entre vous observe la façon dont Robert a placé ses jambes en parallèle. Ses chevilles sont verrouillées, ses genoux pliés à quatre-vingt-dix degrés. Regardez comme sa colonne est droite. Le menton rentré, la tête relevée. C'est très bien, Robert. »

Robert, le cancre de la classe, leva les yeux vers son professeur et sourit, puis se concentra de nouveau sur sa position bien droite. Tout autour de lui, les autres essayèrent de l'imiter.

Ben retourna près du tableau, face aux lycéens.

« Bien. Maintenant, je veux que vous vous leviez et que vous marchiez dans la classe. Au signal, vous retournerez à votre place le plus vite possible et vous reprendrez la posture adéquate. Allez, tout le monde, debout ! »

Les élèves se levèrent et se mirent à déambuler. Sachant que, s'il attendait trop, les adolescents relâcheraient leur attention, Ben se hâta de dire :

« À vos places ! »

Ils se ruèrent vers leur chaise, dans un chaos de collisions et de grognements. Des rires éclatèrent ici et là, mais les bruits dominants venaient des pieds de chaise qui grinçaient sur le sol sous le poids des élèves.

Ben secoua la tête.

« Je n'ai jamais vu un tel bazar. On ne joue pas aux chaises musicales. Nous menons une expérience sur le mouvement et la posture. Allez, on recommence. Et sans bavardages, cette fois-ci. Plus vos mouvements seront vifs et contrôlés, plus vous rejoindrez votre chaise rapidement. Compris ? Maintenant, tout le monde debout ! »

Pendant vingt minutes, les élèves s'entraînèrent à se lever, à marcher dans la classe et, au signal de leur professeur, à regagner le plus vite possible leur place en adoptant la position correcte. En aboyant ses ordres, Ben ressemblait davantage à un sergent instructeur qu'à un professeur. Une fois qu'ils eurent maîtrisé cet exercice, il compliqua encore les choses : à présent, ils devraient sortir dans le couloir avant de rejoindre leur chaise, et Ben chronométrerait leur performance.

Au premier essai, il leur fallut quarante-huit secondes. Au deuxième, ils ne mirent qu'une demi-minute. Avant qu'ils recommencent une dernière fois, David eut une idée.

« Écoutez, dit-il à ses camarades pendant qu'ils attendaient nerveusement dans le couloir le signal de M. Ross. On n'a qu'à se mettre en rang en fonction de nos places : ceux qui doivent aller au fond de la classe passent en premier, et ainsi de suite. Comme ça, on évitera de se rentrer dedans. »

Les autres acquiescèrent. Une fois tout le monde en place, certains remarquèrent que Robert se trouvait en tête de file. « Le nouveau premier de la classe », murmura quelqu'un. Puis Ben fit claquer ses doigts et la colonne d'élèves s'avança d'un pas rapide et silencieux dans la salle. Lorsque le dernier d'entre eux s'assit, Ben arrêta le chrono. Et sourit.

« Seize secondes. »

La classe poussa des hourras.

« Allons, allons, on se calme », lança Ben en rejoignant le tableau. À sa grande surprise, ils se turent aussitôt. Le silence qui régnait soudain dans la pièce semblait presque surnaturel. D'habitude, la salle n'était aussi tranquille qu'une fois les élèves sortis. « À partir de maintenant, vous devrez obéir à trois nouvelles règles. Premièrement, tout le monde doit apporter ses propres affaires pour prendre des notes. Deuxièmement, lorsque vous poserez ou répondrez à une question, vous devrez vous lever et vous placer à côté de votre table. Et troisièmement, vous commencerez vos questions ou réponses par "monsieur Ross". Compris ? »

Partout dans la classe, des têtes opinèrent.

« Bien. Brad, qui était le Premier ministre anglais avant Churchill ? »

Sans se lever, Brad se mit à se ronger un ongle.

« Euh, ce n'était pas… »

Avant qu'il puisse en dire davantage, Ben l'interrompit.

« Raté, Brad, tu as déjà oublié les nouvelles règles. » Il se tourna vers Robert. « Robert, montre à Brad la procédure adéquate pour répondre à une question. »

Aussitôt, Robert prit place à côté de son bureau, au garde-à-vous.

« Monsieur Ross, dit-il.

— C'est bien. Merci Robert.

— Pfft, c'est débile, marmonna Brad.

— Tu dis ça parce que t'as pas été fichu de le faire, rétorqua un de ses voisins.

— Brad, reprit M. Ross, qui était Premier ministre avant Churchill ? »

Cette fois-ci le garçon se leva et se plaça sur le côté.

« Monsieur Ross, c'était, euh, le Premier ministre, euh…

— Tu es toujours trop lent, Brad, le coupa le professeur. Dorénavant, vous répondrez le plus rapidement possible, avec des phrases aussi courtes que possible. Maintenant, Brad, essaye encore. »

Cette fois-ci, l'élève se leva d'un bond et clama :

« Monsieur Ross, Chamberlain. »

Ben le félicita d'un signe de tête.

« Voilà une réponse digne de ce nom. Énergique, courte, nette et précise. Andrea, quel pays Hitler a-t-il envahi en septembre 1939 ? »

Andrea, la ballerine, se leva et se tint bien droite.

« Monsieur Ross, je ne sais pas. »

Ben sourit.

« Au moins, tu as répondu selon le protocole. Amy, connais-tu la réponse ?

— Monsieur Ross, la Pologne, répondit-elle après avoir bondi à côté de son bureau.

— Excellent. Brian, quel était le nom du parti politique de Hitler ? »

Le garçon quitta sa chaise aussi vite que possible.

« Monsieur Ross, le parti nazi.

— C'est bien, Brian. Très rapide. Et maintenant, quelqu'un connaît-il le nom officiel du parti ? Laurie ? »

Laurie Saunders se plaça à côté de sa table.

« Le Parti national…

— Non ! »

Un claquement retentissant les fit tous sursauter : Ben venait de frapper son bureau avec une règle.

« Recommence comme il faut. »

Laurie se rassit, l'air interdit. Qu'avait-elle fait de mal ? David se pencha vers elle et lui murmura trois mots à l'oreille. Ah oui, c'est vrai, pensa-t-elle. Elle se leva de nouveau.

« Monsieur Ross, le Parti national-socialiste des ouvriers allemands.

— Exact. »

Ben continua à poser des questions et tous participèrent, désireux de montrer qu'ils connaissaient la réponse et la manière correcte de la donner. On était loin de l'atmosphère habituellement détendue du cours, mais ni Ben ni les lycéens ne prirent le temps d'y réfléchir. Ils étaient bien trop captivés par leur nouveau jeu. La vitesse et la précision des questions-réponses étaient stimulantes. Bientôt, Ben se retrouva en nage. À chaque nouvelle question, un élève différent se levait pour crier une réponse concise.

« Peter, qui a proposé la loi du prêt-bail ?

— Monsieur Ross, Roosevelt.

— Exact. Eric, qui est mort dans les camps de concentration ?

— Monsieur Ross, les Juifs.

— Et qui d'autres, Brad ?

— Monsieur Ross, les gitans, les homosexuels et les malades mentaux.

— Bien. Amy, pourquoi ont-ils été assassinés ?

— Monsieur Ross, parce qu'ils n'appartenaient pas à la race supérieure.

— Exact. David, qui dirigeait les camps ?

— Monsieur Ross, les SS.

— Excellent ! »

La sonnerie retentit dans le couloir, mais personne ne quitta sa place. Galvanisé par l'ampleur des progrès accomplis durant ce cours, Ben donna les derniers ordres de la séance.

« Ce soir, lisez la fin du chapitre VII et la première moitié du chapitre VIII. C'est tout, le cours est fini. »

Il lui sembla que les lycéens se levèrent d'un même mouvement, comme un seul homme, avant de se ruer à l'extérieur.

« Waouh, c'était incroyable, on aurait dit une course ! » s'exclama Brian avec un enthousiasme inhabituel.

Il se tenait dans le couloir en compagnie de quelques camarades, toujours porté par l'énergie ressentie dans la classe.

« Je n'avais jamais rien vu de pareil, déclara Eric, près de lui.

– C'est toujours mieux que de prendre des notes, plaisanta Amy.

– Tu l'as dit, renchérit Brian, qui éclata de rire, bientôt imité par d'autres.

– Hé, arrêtez de vous marrer, intervint David. C'était vraiment spécial. Comme si, pendant qu'on agissait tous ensemble, on était bien plus qu'une simple classe. Comme si on ne faisait plus qu'un. Vous vous rappelez ce qu'a dit Ross sur le pouvoir ? Je crois qu'il avait raison. Vous n'avez rien senti ?

— Ouh-là, tu prends ça trop au sérieux, répondit Brad.

— Ah ouais ? Alors comment tu expliques ce qui s'est passé ?

— Y a rien à expliquer, lança Brad en haussant les épaules. Ross nous a posé des questions, on y a répondu. Comme dans n'importe quel autre cours, sauf qu'on devait se tenir bien droits et se lever pour répondre. À mon avis, tu te prends la tête pour rien.

— Je n'en suis pas si sûr, soupira David avant de s'éloigner.

— Hé, où vas-tu ? lui demanda Brian.

— Aux chiottes. Je vous rejoins à la cafèt'.

— D'accord, fit Brian.

— Au fait, une fois sur le trône, n'oublie pas de te tenir bien droit », lança Brad, et tout le monde éclata de rire.

David poussa la porte des W-C pour garçons en se demandant si Brad avait raison, s'il se faisait vraiment une montagne d'un rien. D'un autre côté, il avait réellement senti une force, une unité de groupe. D'accord, cela ne changeait pas grand-chose au cours : après tout, on continuait à répondre à des questions. Mais imaginons que l'on prenne cette unité, cette énergie collective, et qu'on l'insuffle à l'équipe de foot. L'équipe comptait vraiment de bons joueurs, et cela rendait David malade qu'ils obtiennent des résultats aussi médiocres. Ils n'étaient pas si mauvais… ils manquaient simplement de motivation et de cohésion. David savait que, s'il pouvait dynamiser son équipe, sans même aller aussi loin que le prof, elle pourrait laminer la plupart des adversaires de leur ligue.

La deuxième sonnerie retentit, signalant aux élèves que le cours suivant allait commencer. En sortant de sa cabine, David aperçut une silhouette. Tout le monde était sorti des toilettes sauf une personne, Robert. Face aux miroirs, ce dernier rentra sa chemise dans son pantalon. Puis, sans savoir qu'on l'observait, il fit de son mieux pour se coiffer et s'observa dans la glace. Soudain, il se mit au garde-à-vous et ses lèvres remuèrent silencieusement comme s'il répondait toujours aux questions de M. Ross.

Sans faire le moindre geste, David regarda Robert répéter ce mouvement, encore et encore.

Tard ce soir-là, dans la chambre à coucher, Christy Ross enfila sa chemise de nuit rouge, puis s'assit sur le lit pour brosser ses longs cheveux auburn. Près d'elle, Ben sortait un pyjama de la commode.

« Tu sais, je pensais qu'ils détesteraient ça, qu'on leur donne des ordres et qu'on les force à se tenir droits et à répondre du tac au tac. Eh bien, au contraire, on aurait dit qu'ils attendaient cela depuis toujours. Bizarre.

— Tu ne crois pas qu'ils prenaient tes exercices comme un jeu ? Comme une compétition pour déterminer qui serait le plus rapide, qui se tiendrait le plus droit ?

— Il y avait un peu de ça, c'est sûr. De toute façon, jeu ou pas jeu, ils pouvaient refuser de participer. Rien ne les y obligeait, mais ils le voulaient. Le plus étrange, c'est que, très vite, j'ai senti qu'ils en attendaient plus. Ils voulaient vraiment qu'on leur impose une discipline. Et dès qu'ils parvenaient à maîtriser une contrainte, ils en attendaient une autre. Lorsque la sonnerie a retenti à la fin du cours et qu'ils n'ont pas bougé de leur siège, j'ai su que, pour eux, c'était plus qu'un simple jeu. »

Christy arrêta soudain de se brosser les cheveux.

« Tu veux dire qu'ils sont restés après la sonnerie ?

– Exactement. »

Sa femme le regarda d'un air sceptique, puis son expression se mua en un sourire malicieux.

« Ben, je crois que tu viens de créer des monstres.

– C'est possible », répondit-il en riant.

Christy reposa sa brosse et se passa de la crème sur le visage. De son côté du lit, Ben mettait son haut de pyjama. Christy attendit ensuite qu'il se penche vers elle pour lui donner son baiser de bonne nuit habituel. Mais ce soir-là, le baiser se faisait attendre. Ben était toujours perdu dans ses pensées.

« Ben ?

– Oui ?

– Tu comptes poursuivre l'expérience demain ?

– Je ne crois pas. Il faut qu'on attaque la campagne japonaise. »

Christy referma son pot de crème et s'installa confortablement dans le lit. Ben n'avait toujours pas bougé. Il avait raconté à sa femme à quel point ses élèves, à sa grande surprise, s'étaient montrés enthousiastes cet après-midi-là, mais il avait omis de lui dire que lui aussi s'était pris au jeu. Il serait presque embarrassant d'admettre qu'il pouvait se faire avoir par un truc aussi simple. Pourtant, à la réflexion, il savait que c'était la vérité. L'échange intense de questions et de réponses, la quête de la discipline parfaite étaient contagieux et, en un sens, fascinants. Il avait regardé d'un œil satisfait ses élèves progresser d'un exercice à l'autre. Intéressant, pensa-t-il en se glissant sous les draps.

Chapitre 6

Ce qui se passa le lendemain stupéfia Ben. Pour une fois, ce fut lui qui arriva en classe après la sonnerie, et non ses élèves. Ce matin-là, il avait oublié par inadvertance ses notes et le livre sur le Japon dans sa voiture et dut courir au parking juste avant le cours. Tandis qu'il se ruait vers la classe, il imaginait déjà le bazar total qui l'attendait. La surprise fut de taille.

Dans la salle, les cinq rangées de sept bureaux individuels étaient impeccables. À chaque bureau se tenait assis un lycéen bien droit, dans la position que Ben leur avait apprise la veille. Le silence régnait. Ben balaya la pièce du regard, mal à l'aise. S'agissait-il d'une blague ? Ici et là, certains réprimaient un sourire, mais ils étaient en minorité face au nombre de visages sérieux regardant droit devant d'un air concentré. Quelques-uns lui lancèrent des regards interrogateurs, attendant de voir s'il irait plus loin encore. Le devait-il ? C'était une expérience tellement hors normes qu'il était tenté de la poursuivre. Que pouvaient-ils en apprendre ? Et lui-même, qu'en retirerait-il ? L'appel de l'inconnu fut le plus fort, il se devait de découvrir où tout cela les mènerait.

« Bon, fit-il en rangeant ses notes. Quelle force voyons-nous à l'œuvre dans cette classe ? »

Les lycéens le fixèrent sans comprendre.

Ben porta son regard vers le fond de la salle.

« Robert ? »

Robert Billings se leva en vitesse et se plaça à côté de sa table. Il avait rentré sa chemise dans son pantalon et peigné ses cheveux.

« Monsieur Ross, la discipline.

— Exact, la discipline, répéta le professeur. Mais ce n'est pas tout. »

Il se tourna vers le tableau et, sous « LA FORCE PAR LA DISCIPLINE », il écrivit : « LA COMMUNAUTÉ ». Ensuite, il refit face à la classe.

« La communauté est le lien qui unit les gens qui travaillent et luttent ensemble pour atteindre un but commun. Comme lorsqu'on construit une grange entre voisins. »

Quelques rires fusèrent. Mais David comprenait ce que le professeur voulait dire. C'est ce à quoi il avait lui-même pensé la veille après le cours : une espèce d'esprit d'équipe dont les gars du club de foot avaient bien besoin.

« C'est le sentiment d'appartenir à une chose plus importante que soi, poursuivit Ben. Vous faites partie d'un mouvement, d'une équipe, d'une cause. Vous vous engagez personnellement...

— On n'a que ça à faire... marmonna quelqu'un, mais ses voisins le firent taire.

— Comme la discipline, continua le professeur, pour comprendre parfaitement la communauté, vous devez en faire l'expérience, y participer. Dorénavant, nos deux slogans seront : "La Force par la Discipline", "la Force par la Communauté". Allez, tout le monde répète. »

Les élèves se placèrent à côté de leur bureau pour réciter les slogans : « La Force par la Discipline », « la Force par la Communauté ».

Un petit groupe, dont Laurie et Brad, ne suivit pas le mouvement, restant assis, mal à l'aise, sur leur chaise, pendant que Ben faisait répéter les slogans encore et encore. Laurie finit par se lever, suivie de Brad. Bientôt, la classe dans son ensemble se retrouva debout.

« Maintenant, il nous faut un symbole pour notre nouvelle communauté », déclara Ben. Après un instant de réflexion, il dessina au tableau une vague entourée d'un cercle. « Ce sera notre logo. La vague évoque le changement. Elle représente un mouvement, une direction. À partir de maintenant, notre communauté, notre mouvement s'appellera la Vague. » Il marqua une pause et observa ses élèves au garde-à-vous qui buvaient ses paroles. « Et voilà notre salut. » Il courba la main droite en forme de vague, frappa son épaule gauche avant de relever la main.

« Tout le monde fait le salut. »

La classe obtempéra. Certains se frappèrent l'épaule droite au lieu de l'épaule gauche. D'autres oublièrent complètement de se frapper une épaule.

« Encore », ordonna-t-il, donnant l'exemple.

Il les fit recommencer jusqu'à ce que tout le monde y arrive.

« Bien », dit-il enfin.

Les élèves sentaient une nouvelle fois monter en eux l'impression de puissance et d'unité qui les avait envahis la veille.

« Il s'agit de notre salut, et du nôtre seulement. Dès que vous croiserez un autre membre de la Vague, vous le saluerez. Robert, salue et répète les slogans. »

Robert, debout bien droit près de son bureau, salua et répondit :

« Monsieur Ross, la Force par la Discipline, la Force par la Communauté.

– Très bien. Peter, Amy et Eric, saluez et reprenez les slogans avec Robert. »

Les quatre élèves obéirent docilement.

« Brian, Andrea et Laurie, ordonna Ben, joignez-vous à eux. »

Sept lycéens scandaient les slogans, puis bientôt quatorze, et vingt, jusqu'à ce que toute la classe salue et déclame à l'unisson. « La Force par la Discipline, la Force par la Communauté. » Comme un régiment, pensa Ben. Comme un véritable régiment.

L'équipe de football avait entraînement ce jour-là, après les cours. Comme ils étaient en avance, Eric et David s'assirent sur le sol du gymnase et entamèrent un débat passionné.

« À mon avis, c'est juste débile, lâcha Eric en laçant ses chaussures à crampons. Juste un jeu dans un cours d'histoire, rien d'autre.

– Mais ça ne veut pas dire que ça ne marcherait pas, insista David. De toute façon, il nous l'a appris pour une bonne raison, non ? Pas pour garder le secret. Je t'assure, Eric, c'est exactement ce dont l'équipe a besoin.

– Ah ouais ? Bon courage pour convaincre l'entraîneur. Et ce n'est pas moi qui vais lui dire.

« De quoi t'as peur ? Tu crois que M. Ross va me punir parce que j'ai parlé de la Vague à deux-trois personnes ?

— Mais non, répondit Eric en haussant les épaules. Je crois surtout que les autres vont se foutre de toi. »

Brian sortit du vestiaire et s'assit près d'eux.

« Hé Brian, l'interpella David, et si on essayait de convaincre le reste de l'équipe de rejoindre la Vague ? »

Brian tira sur ses épaulettes, pensif.

« Tu crois que la Vague pourrait arrêter le plaqueur de cent kilos de Clarkstown ? demanda-t-il. Je te jure que je ne pense plus qu'à ça. Je n'arrête pas d'imaginer la scène : je me vois appeler la balle, et soudain cette chose se dresse devant moi, ce truc énorme dans un maillot de Clarkstown. Il dégage le joueur au centre, il écrase mes bloqueurs. Il est si gros que je ne peux pas feinter à gauche, ni à droite, et je ne peux pas non plus lancer le ballon au-dessus de lui… » Brian roula sur le dos, comme si quelqu'un lui fonçait dessus. « Il arrive ! Il arrive ! Ahhhhhhhhhh ! »

Eric et David éclatèrent de rire.

« Je ferais n'importe quoi, poursuivit-il en se relevant. Manger de la soupe, rejoindre la Vague, faire mes devoirs. N'importe quoi pour arrêter ce type. »

D'autres membres de l'équipe s'étaient installés autour d'eux, dont Deutsch, un élève de seconde qui était le *quarterback* remplaçant. Tout le monde dans l'équipe savait que Deutsch convoitait la place de Brian. Du coup, les deux coéquipiers ne s'entendaient pas.

« Alors, comme ça, t'as peur de l'équipe de Clarkstown ? lança Deutsch à Brian. T'as qu'un mot à dire, vieux, et je te remplace.

– Si t'es sur le terrain, alors là, on n'aura vraiment plus aucune chance de gagner, rétorqua Brian.

– Tu sais quoi ? T'es titulaire uniquement parce que t'es en terminale », ricana Deutsch.

Toujours assis par terre, Brian leva les yeux vers le remplaçant.

« Arrête de jouer les durs, t'es le *quarterback* le plus nul que j'aie jamais vu.

– Ah ouais ? T'es pourtant mal placé pour parler. »

L'instant d'après, David vit Brian bondir, les poings levés. Il plongea pour s'interposer entre les deux joueurs.

« C'est exactement ce que je disais ! hurla-t-il en les séparant. On est censés former une équipe. Se soutenir les uns les autres. Voilà pourquoi on est si mauvais : on passe notre temps à se battre entre nous. »

D'autres joueurs arrivèrent dans le gymnase.

« De quoi parle-t-il ? s'enquit l'un deux.

– Je parle d'unité, répondit David en se tournant vers le nouveau venu. De discipline. Il est temps qu'on se conduise comme une équipe. Qu'on n'oublie pas que nous avons un but commun. Ton boulot, ce n'est pas de piquer la place d'un autre, conclut-il en regardant Deutsch. Mais d'aider l'équipe à gagner.

– Pour que j'aide l'équipe à gagner, répondit-il, l'entraîneur n'a qu'à me nommer *quarterback* titulaire.

– T'as rien compris ! Une poignée d'égoïstes, ça ne fait pas une équipe. Tu sais pourquoi on a eu des résultats aussi mauvais cette année ? Parce que, au lieu d'être une équipe de vingt-cinq joueurs, nous sommes vingt-cinq équipes d'un seul joueur portant le maillot du lycée Gordon. Tu préfères être le *quarterback* titulaire d'une équipe qui ne gagne pas ? Ou le remplaçant d'une équipe qui gagne ? »

Deutsch haussa les épaules.

« J'en ai marre de perdre, déclara un joueur.

— Ouais, convint un autre. C'est pénible. Le lycée nous prend pour une équipe de guignols.

— Je suis prêt à renoncer à mon poste pour devenir porteur d'eau si ça pouvait aider l'équipe à gagner un match, lança un troisième.

— Vous savez, on peut vraiment gagner, poursuivit David. Je ne dis pas qu'on pourra massacrer Clarkstown samedi prochain, mais si on commençait à se comporter en équipe, on pourrait au moins remporter quelques matchs cette année. »

L'équipe était maintenant presque au complet. David vit à l'expression de ses coéquipiers qu'il avait captivé leur attention.

« D'accord, fit quelqu'un. On fait quoi ? »

David hésita un instant. Il pensait leur parler de la Vague. Mais qui était-il pour le faire ? Il n'était lui-même dans le mouvement que depuis la veille. Soudain, il sentit qu'on lui donnait un petit coup de coude.

« Dis-leur, murmura Eric. Dis-leur qu'ils doivent rejoindre la Vague. »

Et puis mince, pensa David.

« Bon, fit-il, tout ce que je sais, c'est que vous devez commencer par apprendre les slogans. Et ça, c'est notre salut… »

Chapitre 7

Ce soir-là, Laurie Saunders raconta à ses parents les cours d'histoire des deux derniers jours. Installée à la table de la salle à manger, la famille terminait de dîner. Le père de Laurie avait passé une grande partie du repas à leur décrire par le menu le parcours de golf qu'il avait fait cet après-midi-là en soixante-dix-huit coups. M. Saunders dirigeait un département d'une société de fabrication de semi-conducteurs. La mère de Laurie affirmait que la passion de son mari pour le golf ne la dérangeait pas puisqu'il pouvait évacuer sur le green tout le stress et les frustrations liés à son travail. Elle ignorait comment il s'y prenait, mais tant qu'il revenait à la maison de bonne humeur, elle ne trouvait rien à y redire.

Laurie non plus, d'ailleurs, même si écouter son père décrire ses parties de golf l'ennuyait parfois à mourir. Il valait mieux qu'il soit coulant, plutôt qu'anxieux comme sa mère. Sa mère était sans doute la personne la plus intelligente et la plus observatrice qu'elle ait jamais rencontrée. Elle dirigeait pratiquement toute seule la Ligue des électrices du comté et possédait une vision politique telle que les jeunes politiciens cherchant à s'implanter dans la région lui demandaient toujours conseil.

Quand tout allait bien, Laurie adorait sa mère. Elle avait toujours des tonnes d'idées et on pouvait lui parler pendant des heures. En revanche, lorsque Laurie était contrariée ou qu'elle avait un problème, sa mère devenait une vraie plaie : on ne pouvait rien lui cacher. Pire, une fois que Laurie avait avoué que ça n'allait pas, elle refusait de la laisser tranquille tant qu'elle ne lui avait pas tout expliqué.

Laurie commença à leur parler de la Vague, en partie parce qu'elle ne supportait plus d'entendre son père radoter sur le golf. Elle voyait que sa mère aussi en avait assez ;

depuis un quart d'heure, elle grattait du bout de l'ongle une tache de cire sur la nappe.

« C'était incroyable, rapporta Laurie. Tout le monde a fait le salut en répétant les slogans. Et même si on ne le voulait pas, on le faisait malgré nous. Vous voyez, comme si on voulait vraiment que ça marche. Pour sentir toute cette énergie s'accumuler autour de nous. »

Mme Saunders arrêta de gratter la table pour regarder sa fille.

« Cela ne me plaît pas beaucoup, Laurie, dit-elle. On se croirait à l'armée.

— Oh, maman, tu prends toujours tout de travers. Cela n'a rien à voir. Sincèrement, il fallait y être, sentir l'énergie positive dans la classe, pour comprendre ce qui se passait vraiment. »

Son père l'approuva.

« À dire vrai, lança-t-il, je suis pour tout ce qui peut retenir l'attention des jeunes. Ils ne s'intéressent à rien, de nos jours…

— Et c'est exactement ce qui se passe, maman. Même les mauvais élèves suivent le mouvement. Tu connais Robert Billings, le cancre de la classe ? Même lui fait partie du groupe. Ça fait deux jours que personne ne l'a embêté. Tu ne vas pas me dire que ce n'est pas positif.

— Mais enfin, vous êtes censés apprendre l'histoire, rétorqua sa mère. Pas la façon de vous comporter au sein d'un groupe.

— Justement, intervint son mari, ce pays a été construit par des gens qui appartenaient à un groupe : les Pères Pèlerins. Que Laurie apprenne à coopérer avec les autres ne peut lui faire de mal ! Si je pouvais leur inculquer un peu d'esprit de groupe, à l'usine, ils arrêteraient de médire les uns des autres, de se disputer pour un rien, de couvrir leurs arrières… et on ne serait pas en retard sur la production, cette année.

— Je n'ai jamais dit qu'il était mal de coopérer, répondit Mme Saunders. Mais quand même, chacun a le droit de faire les choses à sa façon. Tu parles de la grandeur de ce pays, de personnes qui n'avaient pas peur d'agir en tant qu'individus.

— Maman, à mon avis, tu regardes la Vague du mauvais côté. M. Ross a simplement trouvé un moyen d'impliquer tout le monde. Et nous faisons toujours nos devoirs. Ce n'est pas comme si nous avions oublié l'histoire. »

Cela ne suffit pas à apaiser sa mère.

« Tout cela, c'est très bien. Mais je ne crois pas que cela te convienne, Laurie. Ma chérie, nous t'avons élevée pour que tu apprennes à penser par toi-même, et non à faire comme tout le monde. »

Le père de Laurie se tourna vers sa femme.

« Midge, tu ne crois pas que tu prends tout cela trop au sérieux ? Un peu d'esprit d'équipe fera le plus grand bien à ces gamins.

— C'est vrai, maman, insista Laurie en souriant. Ce n'est pas toi qui disais que j'étais trop indépendante ? »

Mme Saunders n'était guère amusée.

« Chérie, n'oublie pas que ce qui est à la mode n'est pas forcément bien.

— Oh, maman, soupira Laurie, contrariée que sa mère n'essaye pas de voir les choses de son point de vue. Soit tu es de mauvaise foi, soit tu ne comprends vraiment pas de quoi il s'agit.

– Franchement, Midge, je suis sûr que le professeur de Laurie sait très bien ce qu'il fait. Je ne vois pas pourquoi tu en fais toute une histoire.

– Tu ne penses pas qu'il est dangereux de laisser un enseignant manipuler ses élèves comme ça ? demanda Mme Saunders à son mari.

– M. Ross ne nous manipule pas du tout, s'indigna Laurie. C'est l'un des meilleurs profs du lycée. Il sait ce qu'il fait et, autant que je puisse en juger, il le fait pour le bien de la classe. J'aimerais bien que d'autres profs soient aussi intéressants que lui. »

Sa mère semblait prête à continuer la discussion, mais son époux changea de sujet.

« Au fait, et David ? Il ne passe pas nous voir, ce soir ? »

David venait souvent les rejoindre après le dîner, sous prétexte d'étudier avec Laurie. Mais il finissait systématiquement dans le bureau de son père, où ils causaient sport et informatique. David voulait suivre des études d'ingénieur, comme M. Saunders ; ils partageaient beaucoup de centres d'intérêt.

Au lycée, M. Saunders avait lui aussi fait partie de l'équipe de foot. Un jour, Mme Saunders avait même déclaré à sa fille que ces deux-là étaient faits pour s'entendre.

Laurie fit non de la tête.

« On a un devoir d'histoire à rendre demain. Il préférait travailler chez lui.

– David fait ses devoirs ? répéta son père, incrédule. Alors ça, oui, c'est inquiétant. »

Comme Ben et Christy travaillaient tous deux à plein temps au lycée, ils partageaient équitablement la plupart des corvées domestiques : les courses, le ménage, la cuisine. Ce soir-là, Christy devait déposer sa voiture au garage pour faire changer le pot d'échappement, si bien que Ben avait accepté de préparer le repas. Mais après son cours d'histoire éprouvant, il ne se sentait pas le courage de cuisiner. Du coup, sur le chemin du retour, il s'arrêta au restaurant chinois et commanda des pâtés impériaux et une omelette *foo yung* à emporter.

Lorsque Christy rentra à l'heure du dîner, elle découvrit la table de la cuisine non pas dressée, mais de nouveau couverte de livres. Jetant un œil par-dessus les sacs en papier marron du restaurant chinois, elle demanda :

« Tu appelles ça préparer le dîner ?

— Je suis désolé, Chris, répondit Ben en levant les yeux de son livre. Mais j'étais trop préoccupé par mes élèves de terminale. Et j'ai tant de choses à préparer pour demain que je ne voulais pas perdre de temps à cuisiner. »

Christy acquiesça. Ce n'était pas comme s'il s'esquivait chaque fois que son tour venait de cuisiner. Elle pouvait bien lui pardonner, cette fois-ci. Elle entreprit de sortir les plats tout prêts des sacs.

« Alors, comment se passe ton expérience, docteur Frankenstein ? Tes monstres se sont-ils déjà retournés contre toi, ou pas encore ?

— Au contraire, la plupart d'entre eux se transforment en êtres humains !

— Je ne te crois pas…

— Et pourtant, ils lisent tous les chapitres indiqués, et certains prennent même de l'avance. Comme si, soudain, ils aimaient préparer leurs cours.

– Ou comme si, soudain, ils avaient peur de venir en cours sans y être préparés. »

Ben ignora sa réflexion.

« Non, je pense vraiment qu'ils ont fait de gros progrès. Au moins pour ce qui est de l'attitude en classe.

– Je n'arrive pas à croire que ce sont les mêmes qui viennent à mon cours de musique, reprit-elle en secouant la tête.

– Je t'assure, c'est incroyable de voir à quel point ils t'apprécient davantage quand tu prends les décisions à leur place.

– Forcément, ça leur fait moins de travail. Ils n'ont plus à penser par eux-mêmes... Bon, maintenant, tu me fermes ces livres et tu les ranges pour qu'on puisse manger. »

Pendant que Ben faisait de la place sur la nappe, Christy disposa les pâtés impériaux et l'omelette sur la table. Lorsqu'il se leva, elle crut qu'il allait l'aider, mais il se mit à faire les cent pas, perdu dans ses pensées. Elle continua à préparer le dîner, tout en pensant elle aussi à la Vague. Cette expérience la tracassait un peu, ce je-ne-sais-quoi dans le ton de son mari lorsqu'il parlait de ses élèves...

comme s'ils étaient maintenant meilleurs que les autres du lycée. Elle s'attabla en lui demandant :

« Jusqu'où vas-tu pousser cette expérience, Ben ?

– Je n'en sais rien. Mais cela pourrait être fascinant à étudier. »

Christy observa son mari aller et venir dans la cuisine.

« Tu ne veux pas t'asseoir ? suggéra-t-elle. Ton omelette va refroidir.

– Tu sais, dit-il en la rejoignant à table, le plus drôle, c'est que je sens que je me laisse prendre au jeu. C'est contagieux. »

Christy opina. C'était évident.

« Peut-être que tu deviens l'un des cobayes de ta propre expérience », déclara-t-elle.

Même si elle avait parlé sur le ton de la plaisanterie, elle espérait qu'il prendrait sa remarque comme une mise en garde.

Chapitre 8

David et Laurie habitaient tous deux non loin du lycée. L'itinéraire de David ne le conduisait pas forcément devant la maison de Laurie, mais depuis la seconde, l'année où il avait commencé à s'intéresser à elle, il avait pris l'habitude de faire un détour tous les matins, espérant la croiser en chemin. Au début, il ne la retrouvait qu'une fois par semaine environ. Mais au fil des mois, tandis qu'ils apprenaient à se connaître, il la croisa de plus en plus souvent, jusqu'à ce que, au printemps, ils en arrivent à faire le trajet ensemble pratiquement tous les jours. Pendant longtemps, David crut qu'il ne s'agissait que de hasard et de chance. Jamais il n'aurait pensé que, depuis le début, Laurie l'avait guetté à sa fenêtre. Les premiers temps, elle avait fait semblant de « tomber sur lui » une fois par semaine. Les jours passant, elle avait décidé que cela arriverait de plus en plus souvent.

Lorsque David passa prendre Laurie le lendemain matin, il avait le cerveau en ébullition.

« Je t'assure, Laurie, c'est exactement ce dont l'équipe a besoin, déclara-t-il tandis qu'ils marchaient vers le lycée.

— Ce dont l'équipe a besoin, c'est d'un *quarterback* qui sache faire une passe, d'un arrière qui ne perde pas le ballon, de deux plaqueurs qui n'aient pas peur de jouer leur rôle, d'un ailier qui…

— Ça va, arrête, la coupa-t-il, irrité. Je suis parfaitement sérieux. J'ai initié l'équipe à la Vague, hier, avec l'aide de Brian et d'Eric. Les gars étaient enthousiasmés. Bon, ce n'est pas comme si on avait fait des progrès avec un seul entraînement, mais j'ai senti qu'il se passait un truc. J'ai vraiment senti un esprit d'équipe se former. Même Schiller, notre entraîneur, était impressionné. Il a dit qu'il ne nous reconnaissait pas.

— En tout cas, pour ma mère, tout ça ressemble à un lavage de cerveau.

– Quoi ?

– Selon elle, M. Ross nous manipule.

– Ta mère est tarée. Qu'est-ce qu'elle peut en savoir, de toute façon ? Et puis, depuis quand t'écoutes ta mère ? Tu sais bien qu'elle s'inquiète pour un rien...

– Je n'ai pas dit que j'étais d'accord avec elle.

– Tu n'as pas dit le contraire non plus.

– Je te répétais juste ses paroles ! »

David ne voulait pas lâcher le morceau.

« De quel droit elle raconte ça, d'abord ? insista-t-il. Elle ne peut pas comprendre la Vague tant qu'elle n'a pas vu comment ça fonctionne dans une classe. Les parents croient toujours tout savoir... »

Laurie sentit soudain une envie irrépressible de le contredire, mais elle se contint. Elle ne voulait pas se disputer avec lui pour un truc si bête. Elle détestait lorsqu'ils se fâchaient. De plus, pour ce qu'elle en savait, la Vague était peut-être bien ce qu'il fallait à l'équipe. Une chose était sûre, c'est qu'elle avait besoin de changement. Elle décida de parler d'autre chose.

« T'as trouvé quelqu'un pour t'aider en algèbre ?

— Nan, fit-il en haussant les épaules. Les seuls bons élèves sont dans ma classe.

— Alors, pourquoi tu ne demandes pas à l'un d'eux ?

— Impossible. Je ne veux pas qu'ils sachent que je rame en cours.

— Pourquoi ça ? Je suis sûre que quelqu'un serait prêt à t'aider.

— Évidemment. Mais je ne veux pas de leur aide. »

Laurie soupira. Effectivement, beaucoup de lycéens étaient en compétition pour avoir les meilleures notes et participer le plus possible en classe. Mais peu poussaient le vice aussi loin que David.

« Tu sais, dit-elle, Amy n'a rien dit hier midi, mais, si tu ne trouves personne d'autre, elle pourra sûrement te donner un coup de main.

— Amy ?

— Oui, Amy. Elle est super-bonne en maths. Je parie que si tu lui donnes ton problème, elle le résoudra en dix minutes.

– Mais pourquoi elle ne s'est pas proposée hier ?

– Elle était intimidée, expliqua-t-elle. Je crois qu'elle a un penchant pour Brian et elle ne veut pas lui faire peur en ayant l'air d'une intello. »

David éclata de rire avant de répondre :

« Elle n'a pas de soucis à se faire, alors. Si elle pesait cent kilos et portait un maillot de Clarkstown, alors là, oui, elle lui ferait peur ! »

Lorsque les élèves arrivèrent en cours d'histoire, ils remarquèrent le grand poster affiché au fond de la classe, représentant une vague bleue. Ils constatèrent également que M. Ross avait changé sa façon de s'habiller. Alors qu'avant il venait en cours en habits décontractés, ce jour-là, il portait un costume bleu, une chemise blanche et une cravate. Les lycéens gagnèrent rapidement leur place tandis que le professeur passait dans les rangs pour distribuer de petits cartons jaunes.

Brad donna un léger coup de coude à Laurie.

« Ce n'est pas la période des bulletins de notes, normalement… », murmura-t-il.

Laurie contempla le carton qu'on lui avait donné.

« Ce n'est pas un bulletin, mais une carte de membre de la Vague, répondit-elle dans un souffle.

– Hein ? fit-il, incrédule.

– Attention, lança M. Ross en tapant bruyamment dans ses mains. Silence dans la classe. »

Brad se redressa sur sa chaise. Laurie comprenait sa surprise. Des cartes de membre ? C'était forcément une blague. Pendant ce temps, M. Ross avait fini de distribuer les cartons et s'était replacé près du tableau.

« Dorénavant, vous aurez tous une carte de membre, annonça-t-il. En regardant au verso, vous découvrirez que certaines cartes portent un X rouge. Si c'est votre cas, cela signifie que vous êtes un moniteur : vous viendrez me rapporter en personne si vous surprenez un membre de la Vague qui ne respecte pas nos règles. »

Tous les élèves inspectèrent leur carte, les tournant et les retournant en quête d'un X rouge. Les moniteurs ainsi désignés, comme Robert et Brad, arboraient de grands sourires. Les autres, dont Laurie, semblaient moins ravis.

Laurie leva la main.

« Oui, Laurie ? l'encouragea Ben.

– Euh… quel est l'intérêt ? » demanda-t-elle.

Le silence se fit dans la classe. Ben ne lui répondit pas immédiatement.

« Tu n'oublies pas quelque chose ? dit-il enfin.

– Ah oui, c'est vrai. » La jeune fille se leva et se posta à côté de sa table. « Monsieur Ross, quel est l'intérêt de ces cartes ? »

Ben s'était attendu à ce qu'on lui pose cette question. À l'évidence, les lycéens ne comprendraient pas tout de suite leur utilité.

« C'est un petit exemple d'autorégulation au sein d'un groupe. »

Comme Laurie n'avait pas d'autres questions, le professeur se tourna vers le tableau pour compléter le slogan « La Force par

la Discipline, la Force par la Communauté ».
Le mot du jour était « Action ».

« Maintenant, nous comprenons ce que sont la Discipline et la Communauté, déclara-t-il. L'Action sera l'objet de notre prochaine leçon. Au bout du compte, la discipline et la communauté ne sont rien sans l'action. La discipline vous donne le droit de passer à l'acte. Un groupe discipliné avec un but peut se donner les moyens de l'atteindre. Plus exactement, il se doit de passer à l'action pour l'atteindre. Vous tous, croyez-vous en la Vague ? »

Après une fraction de seconde d'hésitation, la classe se leva comme un seul homme et répondit d'une même voix :

« Monsieur Ross, oui ! »

Ben acquiesça.

« Alors vous devez, vous aussi, passer à l'action ! N'ayez jamais peur d'agir pour défendre ce en quoi vous croyez. En tant que membres de la Vague, vous devez agir ensemble comme une machine bien huilée. Par le travail acharné et l'allégeance, vous apprendrez plus vite et vous irez plus loin. Ce n'est qu'en vous soutenant les uns les autres, en œuvrant ensemble, en obéissant aux règles, que vous pourrez assurer le succès de la Vague. »

Droits comme des I à côté de leur bureau, les lycéens burent ses paroles. Laurie s'était levée en même temps que les autres, mais elle ne ressentait plus la bouffée d'énergie et l'unité des derniers jours. En fait, aujourd'hui, la résolution de ses camarades, leur obéissance inconditionnelle lui semblaient presque dérangeantes.

« Asseyez-vous », ordonna Ben, et aussitôt tout le monde s'assit. Le professeur poursuivit le cours. « Lorsque nous avons débuté la Vague en début de semaine, j'ai eu l'impression que certains cherchaient à écraser les autres pour donner la bonne réponse le premier, pour être le meilleur membre de notre mouvement. À partir d'aujourd'hui, je veux que cela cesse. Vous n'êtes pas en compétition les uns avec les autres ; vous travaillez ensemble pour défendre une cause commune. Vous devez vous voir comme une équipe, une équipe dont vous faites tous partie. Rappelez-vous, au sein de la Vague, vous êtes tous égaux. Personne n'est plus important ou plus populaire que les autres, et personne ne doit se sentir exclu du groupe. La communauté, c'est l'égalité pour tous au sein du groupe.

« Bien. Votre premier acte, en tant que groupe, sera de recruter activement de nouveaux membres. Pour devenir membre de la Vague, chaque nouvel adhérent devra prouver qu'il connaît nos règles et jurer qu'il leur obéira rigoureusement. »

David sourit lorsque Eric se tourna vers lui pour lui faire un clin d'œil. C'est exactement ce qu'il avait besoin d'entendre. Il n'y avait rien de mal à convaincre d'autres élèves de rejoindre la Vague. C'était pour le bien commun. Et particulièrement pour celui de l'équipe de football.

Ben avait terminé la partie de son cours réservée à la Vague. Maintenant, il comptait utiliser le temps restant pour commenter les devoirs de la veille. Mais un élève nommé George Snyder leva la main.

« Oui, George ? »

Le garçon se plaça à côté de sa table, bien droit, puis lança :

« Monsieur Ross, pour la première fois, j'ai l'impression de faire partie de quelque chose. Quelque chose de chouette. »

Dans la classe, les lycéens étonnés fixaient leur camarade. Sentant le poids des regards sur lui, George se laissa retomber sur son siège. Mais Robert se leva subitement.

« Monsieur Ross, dit-il fièrement, je comprends tout à fait ce que veut dire George. C'est comme une renaissance. »

À peine eut-il rejoint sa chaise qu'Amy se leva à son tour.

« George a raison, Monsieur Ross. Je ressens la même chose. »

David était content. Il savait que la déclaration de George était ringarde, mais Robert et Amy l'avaient imité pour qu'il ne se sente pas bête et isolé. Voilà ce qui était bien avec la Vague. Ils se soutenaient les uns les autres. À son tour, il quitta sa chaise et déclara :

« Monsieur Ross, je suis fier de la Vague. »

Ce soudain élan de témoignages surprit Ben au plus haut point. Alors qu'il allait revenir à son cours, il se voyait contraint de jouer le jeu un peu plus longtemps. Presque inconsciemment, il devinait à quel point ses élèves voulaient qu'il soit leur leader, et il ne pouvait le leur refuser.

« Saluez ! » commanda-t-il.

Tous les élèves bondirent au garde-à-vous et exécutèrent le salut de la Vague. Les slogans suivirent : « La Force par la Discipline, la Force par la Communauté, la Force par l'Action ! »

Ben allait ramasser ses notes de cours lorsque les élèves se dressèrent de nouveau, saluant et récitant les slogans de leur propre initiative. Puis le silence se fit dans la salle. Le professeur balaya les lycéens du regard, les yeux écarquillés. La Vague n'était plus une simple idée, ni même un jeu. Mais un mouvement qui avait pris corps grâce à ses élèves. C'étaient eux, la Vague, maintenant, et Ben comprit qu'ils pouvaient agir seuls, sans lui, s'ils le voulaient. Cette pensée aurait pu l'effrayer, mais Ben ne s'inquiétait pas. Il était leur leader, il contrôlait la situation. L'expérience devenait de plus en plus intéressante.

À la pause-déjeuner, ce jour-là, tous les membres de la Vague, dont Brian, Brad, Amy, Laurie et David, s'assirent dans la cafétéria à une seule et même longue table. Robert Billings hésita tout d'abord à se joindre à eux, mais David insista pour qu'il s'asseye, lui rappelant qu'ils faisaient tous partie de la Vague maintenant.

La plupart d'entre eux étaient emballés par ce qui se passait dans la classe de M. Ross, et Laurie n'avait guère de raison de les contredire. Pourtant, elle se sentait mal à l'aise : tous ces saluts et ces slogans... Finalement, elle profita d'un blanc dans la conversation pour demander :

« Personne ne trouve ça bizarre ?

– Comment ça ? fit David en se tournant vers elle.

– Je ne sais pas trop. Mais ça ne te semble pas un peu étrange ?

– C'est très différent de tout ce qu'on a connu, c'est tout. Voilà pourquoi ça te dérange.

– Ouais, confirma Brad. Maintenant, il n'y a plus d'un côté le groupe cool et de l'autre les losers. Je te jure, le truc qui m'agace le plus au lycée, c'est toutes ces cliques. J'en ai marre d'avoir l'impression que ma vie n'est qu'un concours de popularité. C'est ça qui est si chouette avec la Vague. On s'en fout d'être populaire ou pas. On est tous égaux. Tous membres de la même communauté.

— Et tu crois que ça plaît à tout le monde ? s'enquit Laurie.

— Parce que tu connais quelqu'un à qui ça ne plaît pas ? rétorqua David.

— En fait, moi, je ne suis pas sûre d'aimer ça », avoua-t-elle en se sentant rougir.

Soudain, Brian farfouilla dans sa poche et en sortit un objet qu'il agita sous le nez de Laurie.

« Hé, n'oublie pas, la mit-il en garde, brandissant sa carte de membre de la Vague marquée d'un X rouge.

— N'oublie pas quoi ?

— Tu sais bien... Ce que M. Ross a dit : on doit lui rapporter si quelqu'un enfreint les règles de la Vague. »

Laurie était sous le choc. Brian ne pouvait pas être sérieux, quand même ? Lorsque le garçon sourit, elle se détendit un peu.

« De toute façon, fit remarquer David, Laurie n'enfreint aucune des règles.
– Si elle était vraiment contre la Vague, ça serait le cas », déclara Robert.

Le reste de la tablée garda le silence, surpris que Robert se soit exprimé. Certains n'avaient pas l'habitude d'entendre sa voix ; il parlait si peu en temps normal…

« Ce que je veux dire, continua Robert, nerveux, c'est que, selon le principe fondateur de la Vague, ses membres doivent la défendre. Si nous formons vraiment une communauté, nous devons tous être d'accord. »

Laurie allait protester, mais se ravisa. C'était la Vague qui avait donné à Robert le courage de s'asseoir parmi eux et de se joindre à la conversation. Si elle s'élevait maintenant contre la Vague, cela reviendrait à renvoyer Robert dans son coin, à dire qu'il ne devait pas faire partie de leur « communauté ».

Brad tapota le dos de Robert et lui dit :
« Tu sais, je suis content que tu sois venu avec nous. »

Robert piqua un fard. Il se tourna vers David.

« Tu peux me dire s'il m'a collé un truc dans le dos ? » lui demanda-t-il, à la suite de quoi tout le monde éclata de rire.

Chapitre 9

Ben Ross ne savait pas trop où il allait avec la Vague. Ce qui avait débuté comme une simple expérience en cours d'histoire était devenu une mode qui s'était répandue hors de sa classe. En conséquence, des événements inattendus avaient commencé à se produire. D'une part, le nombre de ses élèves augmentait à mesure que les lycéens qui n'avaient pas cours à cette heure-là ou étaient en pause-déjeuner rejoignaient la Vague. Le recrutement de membres supplémentaires dépassait de loin ses prévisions. La Vague avait tellement de succès que Ben en vint à en soupçonner certains de sécher d'autres cours pour venir au sien.

Si étonnant que cela puisse paraître, malgré l'effectif important et la volonté des élèves de répéter le salut et les slogans à chaque cours, Ben n'avait pas pris de retard sur le programme. Au contraire, ils avançaient plus vite que d'habitude. Avec le système de questions rapides et de réponses courtes inspirées par la Vague, ils avaient couvert l'entrée du Japon dans la Seconde Guerre mondiale en peu de temps. Ben nota une nette amélioration dans la préparation au cours et la participation en classe, mais il remarqua également qu'en lisant les chapitres désignés ses élèves réfléchissaient moins. Ils pouvaient recracher sans problème les réponses comme s'ils les avaient apprises par cœur, mais il n'y avait aucune analyse, aucun questionnement de leur part. Il ne pouvait guère le leur reprocher puisqu'il leur avait inculqué lui-même les principes de la Vague. Ce n'était qu'un développement imprévu de plus de l'expérience.

Ses élèves comprenaient sans doute qu'ils nuiraient à la Vague s'ils négligeaient leurs devoirs. Pour avoir du temps à consacrer au mouvement, ils devaient être si bien préparés qu'il ne leur fallait plus que la moitié du cours pour couvrir la leçon du jour. Mais Ben ne savait pas s'il devait vraiment s'en réjouir. Les devoirs à faire à la maison étaient plus soignés, mais au lieu d'être construits sur de longues réponses argumentées, ils n'offraient que des phrases courtes et sèches. Lors d'un questionnaire à choix multiple, ses élèves s'en sortiraient tous bien, mais rédiger une dissertation leur poserait des problèmes.

Autre développement intéressant de l'expérience, Ben avait entendu dire que David Collins et ses amis, Eric et Brian, avaient introduit avec succès la Vague dans l'équipe de foot. Au fil des ans, Norm Schiller, le professeur de biologie qui entraînait également l'équipe de foot du lycée, était devenu si amer à force d'entendre des blagues sur les mauvais résultats de ses poulains que, pendant la saison, il passait des mois sans dire un mot ou presque aux autres professeurs. Pourtant, ce matin-là, dans la salle des profs, Norm l'avait remercié d'avoir initié ses élèves à la Vague. Quelles autres surprises lui réservait donc l'avenir ?

Ben avait tenté de comprendre pourquoi la Vague attirait tant les lycéens. Certains lui affirmèrent que c'était juste un truc nouveau et différent, comme n'importe quelle mode. D'autres répondirent qu'ils appréciaient son côté démocratique, le fait qu'ils soient maintenant tous égaux. Ross se réjouit d'entendre cette réponse. Il aimait se dire qu'il avait participé à éliminer les concours de popularité et les petites cliques qui, à son avis, mobilisaient bien trop souvent l'attention et l'énergie de ses élèves. Quelques-uns allèrent jusqu'à lui dire qu'une discipline renforcée leur était bénéfique. Cela avait surpris Ben. Les années passant, la discipline était devenue une responsabilité personnelle. Si les lycéens ne s'autodisciplinaient pas, les enseignants étaient de moins en moins enclins à la leur imposer. Ce qui était peut-être une erreur, pensa Ben. L'un des résultats de l'expérience serait peut-être une réhabilitation nationale de la discipline à l'école. Parfois, il s'imaginait même faire l'objet d'un article dans les pages « éducation » du *Time* : « Retour de la discipline à l'école : la découverte étonnante d'un professeur d'histoire. »

Assise dans la salle du journal, Laurie mordillait un stylo. Les membres du comité de rédaction du *Gordon Grapevine* qui occupaient les autres bureaux autour d'elle se rongeaient les ongles ou mâchaient du chewing-gum. Alex Cooper avait ses écouteurs sur les oreilles et hochait la tête au rythme de la musique. Une autre avait gardé ses rollers aux pieds. Voilà à quoi ressemblait la réunion hebdomadaire du *Grapevine*.

« Bon, lança Laurie. C'est toujours la même chose. Le journal doit sortir la semaine prochaine, mais nous n'avons pas assez d'articles. » Elle se tourna vers la fille aux rollers. « Jeanie, tu ne devais pas faire un papier sur les dernières tendances vestimentaires ?

– Bof, cette année personne n'a de style intéressant. Tout le monde s'en tient aux jeans, tee-shirt et baskets.

– Alors, écris un article sur l'absence de nouvelle mode ! lâcha Laurie avant de regarder vers Alex, qui hochait toujours la tête en rythme. Alex ? »

À cause de la musique, il ne l'entendit pas.

« Alex ! » hurla-t-elle, sans plus de succès.

Finalement, quelqu'un donna un coup de coude au garçon, qui leva les yeux, étonné.

« Hein, quoi ? fit-il en enlevant ses écouteurs.

— Alex, on est censés être en comité de rédaction, lui rappela-t-elle en levant les yeux au plafond.

— Sans blague ?

— Bon, où est ta critique de disques pour le prochain numéro ?

— Ah, euh, ouais, la critique, ouais… Ben, en fait, tu vois, c'est une longue histoire. Euh, je voulais la faire mais, euh, tu te rappelles ce voyage en Argentine ? »

De nouveau, Laurie leva les yeux au ciel.

« Bon, c'est tombé à l'eau, poursuivit-il. Du coup, j'ai dû aller à Hong Kong à la place. »

Laurie fit face à Carl, l'ami inséparable d'Alex.

« Et j'imagine que tu as été forcé de l'accompagner, soupira-t-elle d'un ton sarcastique.

— En fait, non, répondit-il, l'air très sérieux. Moi, je suis allé en Argentine, comme prévu.

— Je vois. » Elle fit glisser son regard sur les autres membres du journal. « Je suppose que vous aussi, vous avez été trop occupés à visiter les quatre coins de la planète pour pondre le moindre article…

— Moi, j'ai été au cinéma, annonça Jeanie.

— Et tu as écrit une critique ?

— Non, le film était trop bien.

— Comment ça, trop bien ?

— Ce n'est pas drôle d'écrire une critique sur un bon film.

— C'est vrai, confirma Alex le globe-trotter. Ce n'est pas drôle parce qu'on ne peut pas en dire du mal. Mais si le film est nul, alors là, c'est cool. Parce qu'on peut le démolir… gnark, gnark, gnark. »

Il se frotta les mains comme un savant fou de série B — son numéro préféré. Il était également très doué pour imiter un véliplanchiste pris dans un ouragan.

« Il nous faut des articles pour remplir le journal, reprit Laurie. Personne n'a d'idées ?

— Ils ont acheté un nouveau bus pour le ramassage scolaire, répondit l'un d'eux.

— Youpiii !

– J'ai entendu dire que, à la rentrée prochaine, M. Gabondi prenait une année sabbatique.

– Peut-être qu'il ne reviendra jamais.

– Hier, un mec de seconde a donné un coup de poing dans une fenêtre. Il voulait prouver qu'il pouvait faire un trou dans la vitre sans se couper.

– Et il a réussi ?

– Non. Sept points de suture.

– Hé, attendez une minute, les coupa Carl. Et si on parlait de la Vague ? Tout le monde veut en savoir plus.

– Laurie, tu es dans la classe de M. Ross, non ? fit remarquer Alex.

– C'est ça, la dernière mode du lycée », ajouta Jeanie.

Laurie acquiesça. Elle avait bien conscience que la Vague méritait un article, et peut-être bien la première page. Quelques jours auparavant, elle s'était même dit que la Vague était exactement ce dont l'équipe du journal, si fainéante et désorganisée, avait besoin. Mais elle avait rejeté cette idée. Elle n'aurait su expliquer pourquoi. Juste à cause de cette impression bizarre qu'elle commençait à ressentir, l'impression qu'il fallait peut-être se méfier de la Vague. Jusque-là, elle avait vu le mouvement changer les choses pour le mieux dans le cours de M. Ross, et David pensait que l'équipe de foot s'améliorait grâce à lui. Néanmoins, elle restait prudente.

« Alors, qu'est-ce que tu en penses, Laurie ? demanda quelqu'un.

– De la Vague ?

– Oui, comment se fait-il que tu ne nous aies pas demandé de faire un papier dessus ? s'enquit Alex. Tu te gardes les meilleurs sujets pour toi ?

– Pas du tout. Mais je ne suis pas sûre que quiconque en sache suffisamment sur la Vague pour pouvoir lui consacrer un article.

– Qu'est-ce que tu racontes ? Tu es membre de la Vague, non ?

– Oui, c'est vrai. Mais... je ne sais pas trop. »

Deux ou trois d'entre eux froncèrent les sourcils.

« À mon avis, dit Carl, on devrait au moins écrire un article dessus, ne serait-ce que pour dire que le mouvement existe. Plein d'élèves se demandent de quoi il s'agit.

– Tu as raison, reconnut Laurie en hochant la tête. J'essaierai de faire un petit papier pour expliquer le mouvement. Mais entre-temps, je veux que vous me rendiez tous quelque chose. Puisqu'il nous reste encore un peu de temps avant la sortie du journal, interrogez des lycéens pour savoir ce qu'ils pensent de la Vague. »

Depuis la conversation houleuse entre Laurie et ses parents à propos de la Vague, elle avait évité d'aborder le sujet. Connaissant sa mère, qui s'inquiétait pour un rien, que ce soit à propos de ses sorties tardives avec David, de sa manie de mâchouiller un stylo ou de la Vague, il lui semblait inutile de jeter de l'huile sur le feu. Laurie espérait que sa mère oublierait complètement la question. Ce soir-là, manque de chance, alors qu'elle faisait ses devoirs, Mme Saunders vint frapper à sa porte.

« Chérie, je peux entrer ?
– Bien sûr, maman. »

Sa mère pénétra dans la pièce, vêtue d'un peignoir jaune et de ses chaussons. Le contour de ses yeux semblait graisseux, signe qu'elle venait de se passer de la crème antirides.

« Alors, maman, comment vont les pattes-d'oie ? » demanda Laurie sur le ton de la plaisanterie.

Mme Saunders eut un sourire désabusé.

« Un jour, répondit-elle le doigt tendu, un jour, ça ne te fera plus rire. » Elle la rejoignit à son bureau et regarda par-dessus l'épaule de sa fille. « Tu lis du Shakespeare ?

– Ben, oui... qu'est-ce que tu voulais que ce soit ?

– Oh, n'importe quoi sauf la Vague, soupira-t-elle en s'asseyant sur le lit de Laurie.

– Comment ça, maman ?

– En fait, aujourd'hui, j'ai rencontré Elaine Billings au supermarché, et elle m'a dit que Robert n'était plus du tout le même.

– Elle s'inquiétait pour lui ?

– Elle non, mais moi, oui. Tu sais, il y a des années que ses parents ont des problèmes avec lui. Elaine m'en parlait souvent. Elle se faisait énormément de soucis pour son fils. »

Laurie hocha la tête.

« Du coup, reprit sa mère, elle se réjouit de ce changement inattendu. Mais moi, je n'y crois pas. Un changement de personnalité si rapide… À croire qu'il a rejoint une secte !

– Pourquoi tu dis ça ?

– Laurie, si tu étudies les catégories de personnes qui rejoignent les sectes, tu verras qu'il s'agit presque toujours de gens mal dans leur peau et dans leur vie. Pour eux, la secte est une façon de changer, de recommencer à zéro, comme une renaissance. Quelle autre explication verrais-tu à la transformation de Robert ?

– Je comprends bien, mais en quoi est-ce un mal ?

– Le problème, Laurie, c'est que ce n'est pas vrai. Robert ne risque rien tant qu'il reste dans l'environnement de la Vague. Mais à ton avis, que se passera-t-il lorsqu'il en sortira ? Le monde extérieur n'a que faire de la Vague. Si Robert ne trouvait pas sa place à l'école avant la Vague, il ne trouvera pas non plus sa place dans le monde extérieur, où la Vague n'existe pas. »

Laurie comprit où sa mère voulait en venir.

« En tout cas, tu n'as pas à t'en faire pour moi, maman. Je suis bien moins enthousiaste que je ne l'étais il y a quelques jours. »

Sa mère la félicita d'un signe de tête.

« Je me disais bien que tu reviendrais à la raison, une fois que tu aurais pris le temps d'y réfléchir, déclara-t-elle.

– Alors, quel est le problème ?

– Le problème, c'est tous ces élèves qui prennent ce mouvement au sérieux.

– Mais maman, c'est toi qui prends les choses trop au sérieux. Tu veux mon avis ? C'est juste une mode. Comme le punk rock ou n'importe quoi d'autre. Dans deux mois, personne ne se souviendra de ce qu'était la Vague.

– Mme Billings m'a dit qu'ils organisaient un meeting de la Vague vendredi après-midi.

– C'est simplement un petit rassemblement pour encourager l'équipe de foot avant le match de samedi, expliqua Laurie à sa mère. Ils appellent ça un meeting, mais c'est plutôt un goûter pour chauffer l'équipe !

— Un goûter où ils endoctrineront officiellement deux cents nouveaux membres ? rétorqua sa mère, l'air sceptique.

— Maman, écoute-moi, soupira Laurie. Tu deviens vraiment parano avec toute cette histoire. Personne n'endoctrine personne. Ils vont recruter de nouveaux membres, c'est vrai. Mais ces lycéens seraient venus au rassemblement de toute façon. Je t'assure que la Vague n'est qu'une sorte de jeu, maman. Comme les petits garçons qui jouent aux cow-boys et aux Indiens. Si tu connaissais M. Ross, tu comprendrais qu'il n'y a vraiment rien à craindre. C'est un prof formidable. Jamais il ne nous entraînerait dans un truc comme une secte.

— Et rien de tout cela ne t'inquiète le moins du monde ?

— Maman, la seule chose qui m'embête, c'est qu'autant d'élèves de ma classe se laissent prendre dans un mouvement aussi immature. Bon, je comprends pourquoi David y trouve son compte. Il est convaincu qu'il va transformer ses coéquipiers en équipe gagnante. Par contre, je ne vois vraiment pas pourquoi Amy est tombée dans le panneau. Tu la connais, elle est très intelligente, et pourtant elle prend tout ça très au sérieux.

– Ah, tu vois, tu t'inquiètes bel et bien. »

Laurie fit non de la tête.

« Pas vraiment. Je suis surprise par le comportement d'Amy, c'est tout. Maman, tu te fais une montagne d'un rien. Je t'assure. Fais-moi confiance.

– Puisque tu le dis, soupira sa mère en se levant. Au moins, maintenant je sais que tu ne t'investis pas dans le mouvement. J'imagine que je devrais déjà m'estimer heureuse. Mais je t'en prie, ma chérie, sois vigilante. »

Sur ces mots, elle se pencha pour embrasser sa fille sur le front et sortit.

Laurie resta assise à son bureau quelques minutes, mais ne se replongea pas dans ses devoirs. Au lieu de cela, elle mâchouilla son stylo Bic en réfléchissant aux inquiétudes de sa mère. Ses craintes étaient vraiment hors de proportion, pas vrai ? La Vague n'était qu'une mode passagère, non ?

Chapitre 10

Ben Ross prenait son café dans la salle des professeurs lorsqu'on vint l'avertir que M. Owens, le principal, voulait le voir dans son bureau. Ben fut pris de tremblements nerveux. S'était-il passé quelque chose ? Si Owens voulait le voir, cela concernait certainement la Vague.

Ross sortit dans le couloir et s'élança vers le bureau du principal. En chemin, plus d'une douzaine d'élèves s'arrêtèrent pour effectuer le salut de la Vague. Il les salua en retour et pressa le pas, inquiet de savoir ce qu'Owens voulait lui dire. D'un côté, si le principal lui annonçait qu'il y avait eu des plaintes et qu'il devait mettre fin à l'expérience, Ross savait qu'il en serait soulagé. Honnêtement, il n'avait jamais pensé que la Vague prendrait autant d'importance. Le fait que des élèves d'autres classes, d'autres niveaux même, aient rejoint le mouvement l'épatait toujours autant. Jamais il n'aurait pensé que les choses tourneraient ainsi.

De l'autre côté, il devait prendre en considération les cancres et souffre-douleur de la classe, comme Robert Billings. Pour la première fois de sa vie, Robert était l'égal des autres, un membre du groupe à part entière. Personne ne se moquait plus de lui, personne ne le tourmentait plus. Et la métamorphose de Robert était en tout point remarquable. Non seulement son apparence s'était améliorée, mais il commençait même à participer. Il agissait enfin en tant que membre actif de sa classe. Et cela ne s'arrêtait pas au cours d'histoire. Christy lui avait dit l'avoir également remarqué en cours de musique. On ne le reconnaissait plus. Mettre fin à la Vague signifierait peut-être renvoyer Robert à sa place de cancre et lui enlever la seule chance qu'il avait de s'en sortir.

De plus, terminer l'expérience maintenant ne reviendrait-il pas à trahir également les autres élèves qui s'y étaient investis ? Ils seraient livrés à eux-mêmes, sans savoir jusqu'où la Vague aurait pu les porter. Et Ben perdrait l'opportunité de les y conduire.

Ben s'arrêta soudain de marcher. Hé, attends une minute ! Depuis quand devait-il les conduire où que ce soit ? Il s'agissait d'une expérience menée dans son cours, non ? Une occasion pour ses élèves d'avoir un aperçu de la vie quotidienne dans l'Allemagne nazie. Ben sourit intérieurement. Ne nous emballons pas, pensa-t-il avant de repartir vers le bureau du principal.

La porte du bureau d'Owens était ouverte. Lorsque le principal aperçut Ben Ross entrer dans la salle d'attente, il lui fit signe de le rejoindre.

Ben ne savait plus quoi penser. En chemin, il s'était convaincu que le principal allait lui passer un savon, mais son supérieur semblait de bonne humeur.

Owens était un homme imposant qui dépassait le mètre quatre-vingt-dix, totalement chauve, si on exceptait les touffes de cheveux au-dessus de ses oreilles. Son seul autre signe distinctif : l'éternelle pipe coincée entre ses lèvres. Lorsqu'il se mettait en colère, un seul éclat de sa voix caverneuse faisait trembler les murs. Mais aujourd'hui, Ben n'avait apparemment rien à craindre.

Assis derrière son bureau, ses grands pieds chaussés de mocassins noirs posés sur un coin du meuble, Owens observait Ben en plissant les yeux.

« Dites donc, Ben, en voilà un joli costume », dit-il.

On n'avait jamais vu le principal porter autre chose qu'un costume trois-pièces au lycée, même lors des matchs de foot du samedi.

« Merci, monsieur, répondit Ben, nerveux.

— Je ne me rappelle pas vous avoir déjà vu en costume, déclara Owens en souriant.

— Euh, ce n'était pas dans mes habitudes, reconnut-il.

— Cela serait-il en rapport avec votre histoire de Vague, par hasard ? s'enquit le principal, un sourcil haussé.

— Eh bien, effectivement, répondit Ben après s'être éclairci la gorge.

— Maintenant, dites-moi, reprit l'autre en se penchant vers Ben, qu'est-ce que c'est que cette Vague, exactement ? Vous avez mis ce lycée sens dessus dessous.

— Vraiment ? J'espère que c'est une bonne chose.

— Selon ce qu'on m'en a rapporté, ça l'est, avoua le principal en se frottant le menton. Avez-vous eu d'autres échos ? »

Ben savait qu'il devait le rassurer. Il secoua aussitôt la tête.

« Non, monsieur, pas le moindre.

— Bien. Allez-y, Ben, expliquez-moi tout. »

Le professeur respira un bon coup avant de se lancer :

« Tout a commencé il y a quelques jours, dans mon cours d'histoire de terminale. Nous regardions un film sur les nazis et… »

À la fin de son explication, le principal semblait moins bien disposé qu'au début de l'entretien, mais moins contrarié que ce que Ben avait craint. Owens ôta la pipe de sa bouche et la vida dans un cendrier.

« Je dois bien avouer que c'est inhabituel, Ben. Vous êtes sûr que votre classe ne prend pas de retard sur le programme ?

— Je dirais plutôt qu'elle a pris de l'avance.

– Bien. J'ai cru comprendre que des élèves dont vous n'êtes pas le professeur d'histoire avaient rejoint le mouvement, fit remarquer le principal.

– Mais aucun enseignant ne s'en est plaint. Au contraire, Christy m'a assuré qu'elle avait noté des progrès dans son propre cours grâce à cela. »

C'était un peu exagéré, mais la réaction d'Owens poussait Ben dans ses derniers retranchements.

« Bien, mais ces slogans et ces saluts me gênent tout de même, Ben.

– Il n'y a pas de raison. Cela fait partie du jeu. De plus, Norm Schiller…

– Oui, oui, je sais. Hier, il est venu me voir dans mon bureau pour faire l'éloge de votre truc. Selon lui, sa chère équipe de football en a été transformée. À l'entendre, Ben, on aurait cru qu'il venait de recruter une demi-douzaine de futurs pros. Franchement, je ne demande qu'à les voir battre Clarkstown ce samedi. » Le principal marqua une pause avant de reprendre. « Mais ce n'est pas ce qui me préoccupe, Ben. Je m'inquiète pour les élèves. Cette Vague me paraît un peu trop nébuleuse. Je sais que vous n'avez enfreint aucune règle, mais il y a des limites.

— J'en ai parfaitement conscience, insista Ben. Vous devez comprendre que cette expérience ne peut dépasser le cadre que je lui donne. L'idée fondatrice de la Vague est de constituer un groupe prêt à suivre un leader. Tant que je tiens mon rôle, je vous assure que cela ne peut pas dégénérer. »

Owens bourra sa pipe de tabac frais avant de l'allumer. Il disparut un instant derrière un petit nuage de fumée. Avant de poursuivre, il prit le temps de réfléchir aux paroles du professeur.

« Bon, fit-il enfin. Pour être parfaitement honnête, j'avoue que cela sort tellement des sentiers battus que je ne sais trop quoi en penser. J'aimerais que nous gardions un œil sur tout cela, Ben. Et ouvrez grand vos oreilles. Rappelez-vous que cette "expérience", comme vous l'appelez, concerne de jeunes adolescents impressionnables. Parfois, nous avons tendance à oublier qu'en raison de leur jeune âge ils n'ont pas encore développé l'esprit critique que, nous l'espérons, ils auront un jour. Si on ne les surveille pas, ils sont capables d'aller trop loin. Compris ?

– Absolument.

– Vous me promettez que je ne verrai pas des parents défiler dans mon bureau, hurlant que nous enrôlons leurs enfants au sein d'un obscur mouvement ?

– Je vous le promets. »

Le principal hocha légèrement la tête.

« Bien, fit-il, on ne peut pas dire que votre truc m'emballe, mais vous ne m'avez jamais donné de raisons de douter de vous.

– Vous pouvez me faire confiance », lui assura Ben.

Chapitre 11

Lorsque Laurie arriva dans la salle du journal le lendemain, elle trouva une enveloppe blanche sur le sol. Quelqu'un avait dû la glisser sous la porte, tôt ce matin-là ou bien la veille, en fin d'après-midi. Laurie la ramassa avant de fermer la porte derrière elle. À l'intérieur de l'enveloppe se trouvaient un article manuscrit et une note d'accompagnement. Laurie commença par lire le petit mot :

Chers rédacteurs du Grapevine,
J'ai écrit cet article pour le journal. N'y cherchez pas mon nom, vous ne le trouverez pas. Je ne veux pas que mes amis et les autres lycéens sachent que j'en suis l'auteur.

Les sourcils froncés, Laurie se pencha ensuite sur l'article. En haut de la page, l'auteur anonyme avait écrit un titre :

Rejoignez la Vague, ou sinon…

Je suis en première, ici, au lycée Gordon. Il y a trois ou quatre jours, mes amis et moi avons entendu parler de cette espèce de mouvement, la Vague, que tous les terminales rejoignaient. On a voulu en savoir plus (tout le monde sait que les premières veulent toujours copier les terminales).

On a constitué un petit groupe pour assister au cours de M. Ross afin de se faire une idée. Certains de mes amis ont apprécié ce qu'ils ont vu, d'autres moins. Pour moi, tout cela ressemblait à un jeu stupide.

À la fin du cours, alors qu'on venait de quitter la classe, un élève de terminale nous a arrêtés dans le couloir. Je ne le connaissais pas, mais il prétendait faire partie de la classe de M. Ross et nous demandait si nous voulions rejoindre la Vague. Deux de mes amis acceptèrent, deux autres dirent qu'ils ne savaient pas, et moi j'ai répondu que je n'étais pas intéressé.

L'élève de terminale s'est mis à nous vanter les mérites de la Vague. Il affirmait que, plus les membres seraient nombreux, mieux ce serait. Et que presque tous les terminales avaient rejoint le mouvement, ainsi que la plupart des premières.

Du coup, mes deux amis indécis décidèrent de rejoindre la Vague. Alors le terminale s'est tourné vers moi et m'a lancé : « Et toi, tu ne veux pas faire comme tes copains ? »

Je lui ai rétorqué qu'ils seraient toujours mes amis même si je ne faisais pas comme eux. Ensuite, il n'a pas arrêté de me demander pourquoi je ne voulais pas rejoindre le mouvement. Je lui ai simplement répondu que je n'en avais pas envie.

Là il s'est mis en colère. Il nous a prévenus que, bientôt, les membres de la Vague ne voudraient plus d'amis en dehors du mouvement. Il a même déclaré que je perdrais tous mes amis si je ne les rejoignais pas. À mon avis, il essayait de m'intimider.

Mais cela s'est retourné contre lui. L'un de mes copains lui a sorti qu'il ne voyait pas pourquoi quelqu'un devrait se forcer à rejoindre *le mouvement s'il n'en avait pas envie. Mes autres amis l'ont approuvé, et nous sommes tous partis.*

Aujourd'hui, j'ai appris que trois de mes copains avaient tout de même rejoint la Vague, recrutés par d'autres terminales. J'ai revu l'élève de la classe de M. Ross dans le couloir et il m'a demandé si j'avais enfin changé d'avis. Je lui ai dit que je n'en avais nullement l'intention. Alors il m'a répliqué que si je ne les rejoignais pas bientôt, ensuite il serait trop tard.

Tout ce que je veux savoir, c'est : trop tard pour quoi ?

Laurie replia l'article avant de le glisser dans l'enveloppe. Peu à peu, ses doutes concernant la Vague se précisaient.

Lorsqu'il sortit du bureau du principal, Ben aperçut un groupe de lycéens en train d'afficher une grande bannière de la Vague dans le couloir. C'était le jour du rassemblement pour encourager l'équipe de football – ou plutôt du meeting de la Vague, se corrigea-t-il. Plus il avançait dans le couloir, plus les élèves étaient nombreux, si bien qu'il eut l'impression de faire le salut de la Vague en continu. À ce rythme-là, je vais finir par avoir une crampe, se lamenta-t-il.

Plus loin dans le couloir, près d'une table, Brad et Eric distribuaient des brochures en clamant : « La Force par la Discipline, la Force par la Communauté, la Force par l'Action. »

« Découvrez tout ce qu'il faut savoir sur la Vague, lançait Brad aux élèves qui passaient devant lui. Tenez, voilà une brochure. »

« Et n'oubliez pas le meeting de la Vague cet après-midi, leur rappelait Eric. Travaillez tous ensemble et atteignez vos buts. »

Ben eut un sourire las. L'énergie débridée de ces gamins l'épuisait. Maintenant, des posters de la Vague étaient placardés sur chaque mur du lycée. Chaque membre de la Vague semblait impliqué dans des activités : le recrutement de nouveaux membres, la communication, la préparation du gymnase pour le meeting. Ben se sentait presque dépassé.

Au bout de quelques pas, il eut une drôle d'impression, comme si on le suivait. Il se retourna et vit Robert, qui lui souriait. Ben lui rendit son sourire avant de poursuivre son chemin, mais il s'arrêta de nouveau en s'apercevant que Robert le suivait toujours.

« Robert, on peut savoir ce que tu fais ?

— Monsieur Ross, je suis votre garde du corps.

— Pardon ? »

Robert hésita un instant avant de répondre :

« Je veux être votre garde du corps, répéta-t-il. Vous êtes notre leader, Monsieur Ross, non ? Je ne voudrais pas qu'il vous arrive quelque chose.

— Que veux-tu qu'il m'arrive ? s'enquit Ben, étonné par cette idée.

— Je sais que vous avez besoin d'un garde du corps, insista Robert en ignorant sa question. Je peux le faire, Monsieur Ross. Pour la première fois de ma vie, je sens que… en fait, plus personne ne se moque de moi, maintenant. J'ai l'impression d'appartenir à un truc spécial. »

Ben acquiesça.

« Alors, vous me laissez vous protéger ? Je sais que vous avez besoin d'un garde du corps. J'en suis capable, Monsieur Ross. »

Ben regarda Robert bien en face. Le garçon introverti qui manquait d'assurance était devenu un membre sérieux de la Vague qui s'inquiétait pour son chef. Mais de là à devenir garde du corps... Ben hésita un instant. Tout cela allait un peu trop loin, non ? Au fil du temps, il s'était rendu compte de la position importante dans laquelle ses élèves l'avaient inconsciemment placé : il était le chef suprême de la Vague. Plusieurs fois ces derniers jours, il avait entendu les membres du mouvement discuter de ses « ordres » : l'ordre d'afficher des posters dans le couloir, l'ordre de recruter les premières et les secondes, même l'ordre de transformer le rassemblement sportif en meeting de la Vague.

Le plus fou étant qu'il n'avait jamais donné ces ordres. Pour une raison ou pour une autre, ces directives avaient surgi dans l'imagination des lycéens. Partant de là, les élèves avaient automatiquement supposé que c'était lui qui les leur avait données. Comme si la Vague avait pris vie et que, maintenant, ses élèves et lui se laissaient entraîner dans son sillage. Ben Ross observa Robert Billings. En son for intérieur, il savait qu'accepter la proposition de Robert revenait à accepter de devenir quelqu'un qui a besoin d'un garde du corps. Mais n'était-ce pas également nécessaire pour les besoins de l'expérience ?

« Très bien, dit-il. Tu peux être mon garde du corps. »

Un grand sourire illumina le visage de Robert. Ben lui fit un clin d'œil et repartit vers le bout du couloir. Avoir un garde du corps serait peut-être utile, se rassura-t-il. Il était essentiel pour l'expérience qu'il projette l'image du chef de la Vague. La présence de Robert ne ferait que renforcer cette image.

Chapitre 12

Laurie savait que le meeting de la Vague devait se tenir dans le gymnase, pourtant elle s'attardait près de son casier, ne sachant pas si elle voulait vraiment y aller. Elle n'arrivait toujours pas à formuler ce qui la préoccupait dans le mouvement, mais elle se sentait de plus en plus mal à l'aise. Quelque chose clochait. La lettre anonyme qu'elle avait reçue n'était qu'un symptôme. Le pire n'était pas qu'un élève de terminale ait intimidé un de première pour le forcer à rejoindre la Vague, mais que l'auteur de l'article ait refusé de donner son nom, qu'il ait été trop effrayé pour le faire. Elle-même avait tenté de repousser cette idée depuis plusieurs jours, en vain. Elle devait l'admettre, la Vague lui faisait peur. Oh, on ne craignait rien si l'on était un membre loyal qui ne posait pas de questions. Dans le cas contraire…

Soudain, des cris provenant de la cour la tirèrent de ses pensées. Elle se précipita vers la fenêtre la plus proche et aperçut deux garçons en train de se battre au centre d'une foule de lycéens qui les observaient en poussant des cris. Laurie en eut le souffle coupé. L'un des bagarreurs n'était autre que Brian Ammon ! Bouche bée, elle ne les quitta pas des yeux tandis qu'ils se donnaient des coups de poing et roulaient au sol sans cesser de se battre. Mais que se passait-il encore ?

Un professeur se rua hors du bâtiment pour les séparer. Il les agrippa fermement par un bras avant de les entraîner à l'intérieur, de toute évidence pour les conduire vers le bureau du principal. En chemin, Brian clama :

« La Force par la Discipline ! La Force par la Communauté ! La Force par l'Action ! »

L'autre répondit en criant :

« Tu vas la fermer, oui ?! »

« T'as vu ça ? »

Elle sursauta, surprise par la question. En se retournant, elle vit que David l'avait rejointe à la fenêtre.

« J'espère qu'Owens laissera quand même Brian assister au meeting, déclara-t-il.

— Ils se battaient à cause de la Vague ?

— Pas seulement, répondit-il en haussant les épaules. L'autre mec, c'était Deutsch, celui qui veut piquer la place de *quarterback* de Brian depuis le début de l'année. Ça devait finir comme ça. J'espère juste qu'il a eu ce qu'il méritait.

— Mais Brian hurlait les slogans de la Vague…

— Évidemment, il est à fond dedans. Comme nous tous.

— Comme Deutsch ?

— Non, lui c'est un crétin, Laurie. S'il faisait partie de la Vague, il n'essayerait pas de piquer le poste de Brian. Ce type est un vrai handicap pour l'équipe. Si seulement Schiller pouvait le virer…

— Le virer parce qu'il n'est pas membre de la Vague ?

– Ben ouais. S'il voulait vraiment le mieux pour son équipe, il rejoindrait la Vague au lieu de harceler Brian. Il joue trop perso, Laurie. Ce type ne regarde que son nombril et ça n'aide pas du tout le collectif. » David jeta un œil vers la pendule du couloir. « Viens, il faut qu'on aille au gymnase, le meeting va commencer dans un instant. »

Soudain, Laurie prit une décision.

« Je n'y vais pas.

– Quoi ? fit David, les yeux écarquillés. Et pourquoi ça ?

– Parce que je n'en ai pas envie.

– Laurie, c'est un meeting super-important. Tous les nouveaux membres de la Vague seront là.

– David, je crois que toi et tous les autres, vous prenez toute cette histoire un peu trop au sérieux.

– Pas du tout. C'est toi qui ne prends pas la Vague suffisamment au sérieux. Écoute, Laurie, tu as toujours été la meilleure. Les autres élèves t'ont toujours admirée. Tu dois absolument venir.

– Mais c'est exactement pour ça que je n'irai pas, tenta-t-elle de lui expliquer. Qu'ils se forgent leur propre opinion sur la Vague. Ils peuvent réfléchir tout seuls, ils n'ont pas besoin de mon aide.

– Je ne te comprends pas du tout.

– David, ce que moi, je n'arrive pas à comprendre, c'est que tout le monde ait perdu la tête. La Vague a pris le pas sur tout le reste.

– Bien sûr. Parce que la Vague est logique, Laurie. Et ça marche. Tout le monde est dans la même équipe. Pour une fois, nous sommes tous sur un pied d'égalité.

– Waouh, génial ! lança-t-elle, sarcastique. Et le *touchdown,* on le marque tous ensemble, main dans la main ? »

David recula d'un pas pour observer sa petite amie. Jamais il n'aurait cru cela d'elle. Non, pas Laurie.

« Tu ne comprends donc pas, David ? insista-t-elle, prenant son hésitation pour un moment de doute. Tu es trop idéaliste. Tu veux tellement créer une société pseudo-idéale régie par la Vague, pleine de gens égaux et de super-équipes de foot, que tu ne vois plus rien. C'est impossible, David. Il y aura toujours des gens qui ne voudront pas en être. Et c'est leur droit. »

David plissa les yeux avant de répondre.

« Tu sais quoi, Laurie ? Tu es contre la Vague uniquement parce que tu n'es plus du tout spéciale. Parce que tu n'es plus la meilleure élève et la fille la plus populaire de la classe.

– Ce n'est pas vrai et tu le sais très bien ! éructa Laurie.

– Si c'est vrai ! Maintenant, tu sais ce que ça nous faisait quand on t'entendait toujours donner les bonnes réponses. Quand t'étais toujours la meilleure. Quel effet ça te fait, maintenant, d'être tombée de ton piédestal ?

– David, arrête de faire l'idiot ! cria-t-elle.

– Parfait, si je suis idiot, pourquoi tu ne vas pas te trouver un mec intelligent ? »

Sur ces mots, il lui tourna le dos et prit la direction du gymnase.

Laurie le regarda partir, figée sur place. C'est fou, pensa-t-elle. Tout devient hors de contrôle.

D'après le raffut qui parvenait à Laurie depuis le gymnase, le meeting de la Vague semblait rencontrer un véritable succès. Au lieu d'y rejoindre les autres, elle s'était rendue dans la salle du journal, le seul endroit où elle pensait éviter les regards interrogateurs. Laurie ne voulait pas admettre qu'elle se cachait, mais c'était pourtant la vérité. C'est dire à quel point la situation avait dégénéré : on devait se cacher si l'on ne voulait pas suivre le mouvement.

Elle sortit un stylo de son sac, qu'elle se mit à mordiller nerveusement. Elle devait absolument faire quelque chose. Elle, et le *Grapevine*.

Quelques minutes plus tard, le bruit de la poignée de porte qu'on tournait la fit sursauter. Laurie retint sa respiration. Allait-on lui faire payer son absence ?

La porte s'ouvrit sur Alex, qui entra d'un pas sautillant au rythme de la musique que diffusaient ses écouteurs.

Laurie s'affaissa sur sa chaise, soulagée.

Lorsqu'il l'aperçut, Alex sourit et retira son casque.

« Hé, comment se fait-il que tu ne sois pas avec le reste du régiment ?

– Alex, on n'en est pas encore là…

– T'es sûre ? fit-il avec un sourire en coin. Bientôt, on devra changer le nom du lycée en caserne Gordon.

– Je ne trouve pas ça drôle. »

Alex se voûta et fit une grimace avant de répondre :

« Laurie, tu devrais savoir qu'il n'y a pas de limite au ridicule.

– Si tu les considères comme un régiment de soldats, tu n'as pas peur de te faire enrôler ?

– Qui ça, moi ? » fit-il en retrouvant le sourire. Il fendit l'air d'une série de mouvements de karaté avant de répondre. « Que quelqu'un essaye de me recruter de force, et je le transforme en sushi ! »

La porte de la salle s'ouvrit de nouveau, cette fois sur Carl. Voyant Laurie et Alex, son visage s'éclaira.

« On dirait que j'ai trouvé le grenier d'Anne Frank, déclara-t-il.

– Bienvenue au club des derniers libres penseurs », lança Alex.

Carl acquiesça.

« C'est exactement ça... Je sors tout juste du meeting.

– Ils t'ont laissé partir ?

– Il fallait que j'aille aux toilettes.

– Alors, tu t'es trompé d'endroit mon pote ! le railla Alex.

– Je suis venu là *en sortant* des toilettes, expliqua Carl en riant. N'importe où, c'est toujours mieux que là-bas.

– Je suis bien d'accord, soupira Laurie.

– On devrait peut-être se trouver un nom ? suggéra Alex. Si eux, ils sont la Vague, on pourrait être l'Écume.

– T'en penses quoi ? demanda Carl à Laurie.

– De quoi ? Qu'on s'appelle l'Écume ?

– Non, de la Vague en général.

– J'en pense qu'il est grand temps qu'on sorte le nouveau numéro du *Grapevine*.

– Je m'excuse de vous donner mon opinion qui n'est guère sérieuse la plupart du temps, annonça Alex, mais à mon avis, on devrait l'imprimer avant que le reste de la rédaction se fasse engloutir par la Puissante Vague.

– Passez le mot aux autres, répondit Laurie. Dimanche à quatorze heures, on se réunit chez moi pour une réunion d'urgence. Et essayez de faire en sorte que seuls des non-membres viennent. »

Ce soir-là, Laurie resta seule dans sa chambre. Tout l'après-midi, elle avait été trop préoccupée par la Vague pour se permettre de penser à David. Ce n'était pas la première fois qu'ils se disputaient. Mais dans la semaine, il avait promis qu'il passerait la prendre ce soir-là. Or il était vingt-deux heures trente. Manifestement, il ne viendrait pas. Pourtant, Laurie n'arrivait pas à l'admettre. Ils sortaient ensemble depuis la seconde et, soudain, ils s'étaient séparés à cause d'un détail… Sauf que la Vague n'était plus un détail. Plus maintenant.

À plusieurs reprises dans la soirée, Mme Saunders était montée la voir pour lui proposer de se confier, mais Laurie avait refusé. Sa mère était bien trop anxieuse et, pour une fois, elle aurait vraiment eu des raisons de s'en faire. Laurie avait passé la soirée à son bureau, essayant de rédiger un article pour le journal, mais jusqu'à maintenant, la page était restée vierge… si l'on exceptait les quelques auréoles là où une larme ou deux étaient tombées.

On frappa à sa porte. Laurie s'essuya rapidement les yeux du revers de la main. C'était inutile, si sa mère entrait, elle verrait qu'elle venait de pleurer.

« Je ne veux pas en parler, maman », sanglota-t-elle.

Mais la porte s'ouvrit malgré tout.

« Ce n'est pas maman, ma chérie.

– Papa ? »

Laurie fut surprise de voir son père. Même s'ils étaient très proches, il se mêlait rarement de ses problèmes, contrairement à sa mère. Sauf si cela concernait de près ou de loin le golf.

« Je peux entrer ?

– Vu que tu es déjà au milieu de la pièce… répondit-elle dans un demi-sourire.

– Je suis désolé de forcer le passage, ma puce, mais ta mère et moi, nous sommes inquiets pour toi.

– Elle t'a dit que David m'avait laissée tomber ?

– Euh, oui. Je suis au courant. Et j'en suis vraiment navré. Vraiment. Je pensais que c'était un garçon bien.

— C'était le cas. »

Avant la Vague, pensa-t-elle.

« Mais, euh, en fait, c'est autre chose qui me préoccupe, Laurie. Un truc que j'ai entendu sur le terrain de golf cet après-midi. »

Le vendredi, M. Saunders quittait toujours le travail de bonne heure pour aller faire un neuf trous avant le coucher du soleil dans un championnat amateur.

« De quoi s'agit-il, papa ?

— Aujourd'hui, après les cours, un élève s'est fait tabasser, lui apprit-il. Bon, la personne qui m'a raconté cette histoire la tenait elle-même de quelqu'un d'autre, alors tout n'est peut-être pas vrai. Mais apparemment, il y avait une sorte de meeting de la Vague, au lycée. Or cet élève refusait de participer à cette espèce de jeu, ou alors il l'avait critiqué. »

Laurie en resta bouche bée.

« Les parents du garçon sont les voisins de l'un de mes copains de golf. Ils ont emménagé cette année, donc leur fils devait être nouveau au lycée.

— Il avait le profil idéal pour rejoindre la Vague, alors.

— Peut-être... En tout cas, ce garçon est juif. Est-ce que cela pourrait avoir un rapport ? »

Laurie écarquilla les yeux.

« Papa ! Tu ne penses quand même pas que... tu ne peux pas croire qu'il se passe des choses pareilles au lycée ! D'accord, je n'aime pas la Vague, mais cela n'a rien à voir avec ça, papa, je te le jure.

— Tu en es sûre ?

— Ben... En fait, je connais tous les membres fondateurs de la Vague. J'étais là quand tout a commencé. L'idée, c'était de nous montrer comment l'Allemagne nazie avait pu voir le jour. Le but, ce n'était évidemment pas de faire de nous des petits nazis. Mais de... de...

— On dirait que cette histoire a pris des proportions inquiétantes, non ? »

Laurie acquiesça en silence, trop choquée pour parler.

« Certains des gars du club de golf prévoient d'aller voir le principal lundi, poursuivit M. Saunders. Pour être sûrs que la situation reste sous contrôle.

– De notre côté, on a prévu de sortir un numéro spécial du *Grapevine*. Pour dénoncer toute cette affaire. »

Son père se tut un instant.

« Bonne idée ma chérie, répondit-il enfin. Mais reste prudente, d'accord ?

– Je ferai attention, papa. Promis. »

Chapitre 13

Ces trois dernières années, Laurie avait passé tous les samedis après-midi de la saison de football à assister aux matchs en compagnie d'Amy. Bien sûr, David était toujours sur le terrain. Quant à Amy, même si elle n'avait pas de petit copain stable, les garçons avec qui elle sortait de temps en temps faisaient presque tous partie de l'équipe. Ce samedi après-midi-là, Laurie mourait d'impatience de retrouver Amy pour lui raconter ce que son père lui avait appris. Elle avait été surprise qu'Amy se laisse prendre au jeu si longtemps, mais Laurie ne doutait pas que, lorsqu'elle apprendrait qu'un lycéen s'était fait tabasser, elle comprendrait son erreur. De plus, Laurie avait un cruel besoin de lui parler de David.

Elle n'arrivait toujours pas à comprendre qu'il ait pu la quitter à cause d'une chose aussi stupide que la Vague. Peut-être qu'Amy saurait quelque chose qu'elle-même ignorait. Peut-être qu'elle accepterait de parler à David de sa part.

Laurie arriva juste au début du match. Le public n'avait jamais été aussi nombreux, et de loin. Elle mit un moment avant de repérer la chevelure blonde et bouclée d'Amy dans la foule massée sur les gradins : elle s'était installée tout en haut, presque au dernier rang. Laurie se hâtait de gagner les marches lorsque quelqu'un lança :

« Stop ! »

Elle s'immobilisa, voyant Brad venir vers elle.

« Oh, c'est toi, Laurie. De dos, je ne t'avais pas reconnue », dit-il, avant de lui faire le salut de la Vague.

Laurie l'observa, immobile.

« Allez, Laurie, fais le salut, ensuite tu pourras monter, la pressa-t-il, les sourcils froncés.

— De quoi tu parles, Brad ?

— Tu sais bien, du salut de la Vague.

— Tu veux dire que je ne peux pas m'asseoir tant que je ne t'ai pas salué ? »

Il détourna les yeux d'un air penaud.

« Ben oui, c'est ce qu'ils ont décidé.

— Qui ça, "ils" ?

— Ben, les membres de la Vague, tu sais bien.

— Brad, je croyais que toi, tu étais un membre de la Vague. Tu fais partie de la classe de M. Ross, non ? »

Brad haussa les épaules avant de répondre :

« Je sais, merci. Écoute, quel est le problème ? Fais le salut, ensuite tu pourras monter. »

Laurie leva la tête vers les gradins.

« Tu veux dire que tout le monde t'a salué ?

— Ben oui. De ce côté des gradins, en tout cas.

— Eh bien, moi, je veux monter de ce côté, pourtant je refuse de faire le salut, dit-elle avec rage.

— Mais tu es obligée, répondit Brad.

– Ah oui ? Selon qui ? s'indigna-t-elle en haussant la voix, attirant l'attention des élèves assis près d'eux.

– Allez, Laurie, répondit-il à voix basse, le rouge aux joues. Grouille-toi de faire ce salut débile, qu'on n'en parle plus. »

Mais Laurie était inflexible.

« Jamais de la vie, c'est vraiment ridicule. Même toi, tu vois bien que c'est ridicule. »

Brad plissa les yeux, puis balaya la foule du regard.

« D'accord, laisse tomber le salut et va t'asseoir. Je crois que personne ne regarde », dit-il.

Soudain, Laurie ne voulait plus du tout se joindre à la foule dans les gradins. Elle n'avait aucune intention d'entrer en douce où que ce soit à cause de la Vague. Toute cette histoire dépassait les bornes. Même certains membres de la Vague comme Brad l'avaient compris.

« Brad, pourquoi tu fais ça si tu sais que c'est stupide ? Pourquoi tu te laisses faire ?

– Écoute Laurie, je n'ai pas le temps de discuter. Le match a commencé. Je suis censé placer le public dans les gradins, je suis occupé, d'accord ?

— Tu as peur ? Tu as peur de la réaction des autres membres de la Vague si tu ne fais pas comme eux ? »

Brad ouvrit la bouche mais, pendant une fraction de seconde, aucun son n'en sortit.

« Je n'ai peur de personne, Laurie, répondit-il finalement. Et tu ferais mieux de te taire. Tu sais, hier, au meeting, beaucoup d'élèves ont remarqué ton absence.

— Ah oui ? Et alors ?

— Et alors rien. Je te préviens, c'est tout. »

Laurie fut frappée d'horreur. Elle insista pour qu'il précise sa pensée, mais il y eut une belle action sur le terrain. Brad se détourna, et les mots de l'adolescente se perdirent dans les vivats du public.

Le dimanche après-midi, Laurie et quelques autres de la rédaction du *Grapevine* transformèrent le salon des Saunders en salle de réunion improvisée. Ils allaient mettre au point une édition spéciale qui serait presque entièrement consacrée à la Vague.

Lorsque Laurie remarqua l'absence de plusieurs de leurs collaborateurs, elle voulut en connaître la raison. Silence. Personne ne semblait vouloir lui répondre. Puis Carl prit la parole :

« J'ai l'impression que quelques-uns de nos camarades préféreraient éviter d'encourir la colère de la Vague, si tu vois ce que je veux dire. »

Laurie se tourna vers les autres, qui acquiescèrent.

« Quelle bande de larves ! De poules mouillées ! lança Alex en se levant d'un bond, le poing tendu. Je jure de combattre la Vague jusqu'à la fin. Qu'on me donne la liberté ou qu'on me donne de l'acné ! »

Voyant les regards perplexes de ses camarades, il ajouta :

« Ben quoi ? L'acné, c'est pire que la mort, non ?

— Assieds-toi, Alex », ordonna quelqu'un.

Alex obtempéra et le groupe se remit au travail. Ils avaient beau se plonger dans leur tâche, l'absence des autres pesait lourdement dans la pièce.

L'édition spéciale sur la Vague inclurait l'article anonyme ainsi qu'un reportage de Carl sur l'agression de l'élève de seconde.

Heureusement, le garçon n'avait pas été grièvement blessé, juste un peu rossé par deux voyous. On ne savait même pas si la Vague en était bien la cause ou si ses agresseurs s'en étaient servis comme prétexte pour lui tomber dessus. Dans tous les cas, l'un des deux types avait traité le nouveau de « sale Juif ». Les parents de la victime avaient appris à Carl qu'ils avaient retiré leur fils du lycée et qu'ils comptaient voir personnellement le principal le lundi matin.

Suivraient d'autres interviews de parents inquiets et de professeurs préoccupés. Mais de tous les articles, l'éditorial de Laurie, qui l'avait occupée presque tout le samedi, était le plus virulent. Il condamnait la Vague, l'assimilant à un mouvement stupide et dangereux qui supprimait la liberté de parole et de pensée, et qui s'élevait contre tous les principes fondateurs du pays. Elle y faisait remarquer que la Vague avait déjà fait plus de mal que de bien (même avec la Vague, les

Gladiateurs du lycée Gordon avaient perdu 6 à 42 contre Clarkstown), et prédisait que, si l'on ne mettait pas fin au mouvement, il causerait plus de dommages encore.

Carl et Alex promirent qu'ils apporteraient le journal à l'imprimeur à la première heure le lendemain matin. Ainsi, ils pourraient le distribuer à l'heure du déjeuner.

Chapitre 14

Laurie avait encore une chose à faire avant la sortie du journal. Lundi matin, elle comptait trouver Amy pour tout lui expliquer. Elle espérait encore que, dès que sa copine lirait son article, elle verrait la Vague sous son véritable jour et changerait d'avis à son sujet. Laurie voulait la prévenir un peu à l'avance pour qu'elle puisse quitter le mouvement avant qu'il y ait du grabuge.

Elle la découvrit à la bibliothèque du lycée. Elle prit à peine le temps de lui dire bonjour avant de lui donner son éditorial à lire. Plus Amy avançait dans sa lecture, plus ses yeux s'écarquillaient. Dès qu'elle eut fini, elle leva la tête vers Laurie.

« Qu'est-ce que tu vas faire de ce texte ? voulut-elle savoir.

– Je vais le publier dans le journal.

– Mais tu ne peux pas dire des choses pareilles sur la Vague !

– Pourquoi pas ? Tout est vrai, Amy. Tout le monde est devenu obsédé par la Vague. Personne ne prend plus la peine de réfléchir par soi-même.

– Oh, arrête, Laurie, tu ne sais pas ce que tu dis. À cause de ta dispute avec David, tu vois tout en noir. »

Laurie secoua la tête.

« Amy, je suis parfaitement sérieuse. La Vague fait plus de mal aux gens que de bien. Et tout le monde suit le mouvement comme un troupeau de moutons. Je n'arrive pas à croire qu'après avoir lu mon texte tu y adhères encore. Tu ne comprends donc pas la vraie nature de la Vague ? Elle fait oublier à chacun qui il est vraiment. On se croirait dans *La Nuit des morts vivants* ! Pourquoi veux-tu faire partie d'un truc pareil ?

– Parce que, grâce à la Vague, tout le monde est sur un pied d'égalité, par exemple…

Depuis qu'on est amies, je n'ai pas arrêté de courir derrière toi pour me maintenir à ton niveau. Mais maintenant, je ne me sens plus forcée de sortir avec un footballeur, comme toi. Si je ne le souhaite pas, je ne suis pas obligée d'avoir les mêmes notes que toi. Laurie, pour la première fois depuis trois ans, j'ai l'impression que je n'ai pas à te ressembler pour que les autres m'apprécient. »

Laurie en eut la chair de poule.

« Je… j'ai toujours su que tu pensais cela, bégaya-t-elle. Et j'ai toujours voulu t'en parler, mais…

— Tu ne sais donc pas ce que la moitié des parents d'élèves disent à leurs enfants ? "Pourquoi tu n'es pas comme Laurie Saunders ?" Tu sais, si tu es contre la Vague, c'est uniquement parce que, à cause d'elle, tu n'es plus la petite princesse du lycée. »

Laurie était sous le choc. Même sa meilleure amie, pourtant intelligente, se retournait contre elle à cause de la Vague. Elle se mit en colère.

« Que tu le veuilles ou non, je publierai mon article.

– Ne fais pas ça, Laurie.
– Trop tard. Et je sais ce que j'ai à faire, merci. »

Amy la regarda soudain comme une étrangère. Elle jeta un coup d'œil à sa montre avant de déclarer :

« Il faut que j'y aille. »

Sur ces mots, elle s'éloigna, laissant Laurie toute seule dans la bibliothèque.

Les exemplaires du *Grapevine* n'étaient jamais partis si vite que ce jour-là. Le lycée était en émoi. Très peu d'élèves avaient entendu parler de l'agression du seconde et, bien évidemment, personne ne connaissait l'histoire rapportée par l'auteur anonyme. Mais, très vite, de nouvelles anecdotes commencèrent à circuler. Des témoignages de menaces et d'abus contre des lycéens qui, pour une raison ou pour une autre, avaient voulu résister à la Vague.

Selon d'autres rumeurs, des enseignants et des parents auraient défilé dans le bureau du principal toute la matinée pendant que les psychologues scolaires commençaient à faire passer des entretiens aux élèves. Un certain malaise planait dans les couloirs et les salles de classe.

Dans la salle des professeurs, Ben Ross reposa son exemplaire du *Grapevine* et se massa les tempes du bout des doigts. Soudain, une migraine terrible le terrassait. La situation lui échappait et, quelque part, Ben soupçonnait que c'était sa faute. Cette agression sur un élève de seconde était terrible, incroyable. Comment pouvait-il justifier une expérience qui avait de telles conséquences ?

Mais il n'y avait pas que ça. Bien malgré lui, la défaite embarrassante de l'équipe de foot face à Clarkstown le perturbait. Il trouvait étrange que, lui qui ne s'intéressait pas le moins du monde aux compétitions scolaires, fût si affecté par ce résultat. Était-ce en rapport avec la Vague ? Au cours de la semaine précédente, il avait fini par croire que, si l'équipe gagnait, sa victoire contribuerait à asseoir le succès de la Vague.

Mais depuis quand souhaitait-il cela ? Le succès ou l'échec de la Vague n'était pas le but de l'expérience. Il n'était pas censé s'intéresser à la Vague en soi, mais aux leçons que ses élèves en tireraient.

Il se leva pour se diriger vers l'armoire à pharmacie de la salle des profs. On y trouvait à peu près toutes les marques d'aspirine existantes et autres remèdes contre les maux de tête. Un jour, un ami lui avait fait remarquer que, si le taux de suicides était le plus élevé chez les médecins, le taux de migraineux devait battre des records dans le corps enseignant. Il prit un tube de plastique et fit tomber trois cachets dans le creux de sa main.

Alors qu'il allait chercher de l'eau, il s'arrêta devant la porte. Des voix lui parvenaient du couloir : celles de Norm Schiller et d'un homme qu'il ne reconnut pas. L'entraîneur s'était sûrement fait accoster par un autre prof alors qu'il s'apprêtait à entrer dans la salle commune. Ben tendit l'oreille pour écouter leur conversation.

« Non, pour sûr, ça n'a servi à rien, disait Schiller. D'accord, ça leur a donné un moral d'acier, ils étaient persuadés qu'ils pouvaient gagner. Mais une fois sur le terrain, ils n'ont pas assuré. Toutes les Vagues du monde ne peuvent rien contre un *quarterback* qui fait de bonnes passes. Y a pas de mystère, rien ne peut remplacer l'entraînement.

– Pour moi, Ross a fait un véritable lavage de cerveau à ces gamins, répondit l'inconnu. Bon sang, je ne comprends vraiment pas ce qu'il a en tête, mais je n'aime pas ça du tout. Et les autres enseignants à qui j'en ai parlé non plus. De quel droit a-t-il transformé ce lycée en laboratoire ?

– Ne me demandez pas. »

La porte commença à s'ouvrir, poussant Ben à se réfugier dans le petit cabinet de toilette de la salle des profs. Le cœur battant, il s'enferma à l'intérieur, la tête soudain prête à exploser. Il avala les trois aspirines en évitant de se regarder dans le miroir. Avait-il peur de voir l'image qu'il lui renverrait ? Celle d'un professeur d'histoire qui s'était accidentellement glissé dans la peau d'un dictateur ?

David Collins ne comprenait toujours pas. Non, vraiment, il ne voyait pas pourquoi tout le monde n'avait pas rejoint la Vague dès le début. Si ç'avait été le cas, ces intimidations ne seraient jamais arrivées. Ils auraient tous pu fonctionner en tant que membres égaux, coéquipiers. Maintenant, la plupart des lycéens se marraient, disant que la Vague n'avait en rien aidé l'équipe à gagner le match. Mais qu'espéraient-ils ? La Vague n'était pas un médicament miraculeux. Cela ne faisait que cinq jours que l'équipe avait rejoint le mouvement. Seul le comportement entre joueurs avait pu changer en si peu de temps.

David se tenait sur la pelouse du lycée en compagnie de Robert Billings et d'autres élèves de la classe de M. Ross. Il lisait le *Grapevine*. L'article de Laurie le rendait presque malade. Il n'avait jamais entendu parler de ces histoires d'agressions et de menaces. Pour ce qu'il en savait, elle et ses amis du journal avaient pu tout inventer. Une lettre anonyme et une histoire sur un type de seconde qu'il ne connaissait même pas. D'accord, il était contrarié qu'elle refuse d'intégrer la Vague, mais pourquoi ses copains et elle ne pouvaient-ils pas laisser la Vague tranquille ? Pourquoi fallait-il qu'ils l'attaquent ?

Près de lui, en lisant l'éditorial de Laurie, Robert avait vu rouge.

« Ce ne sont que des mensonges, lâcha-t-il, furieux. On ne peut pas la laisser dire des choses pareilles.

– Ce n'est pas si important, répondit David. Tout le monde se fiche de ce qu'elle peut bien écrire ou penser.

– Tu rigoles ? Ceux qui liront ce torchon se feront une idée complètement fausse de la Vague.

– Je lui avais dit de ne pas le publier, intervint Amy.

– Hé, calmez-vous, lança David. Aucune loi ne force les gens à croire en notre mouvement. Mais si nous arrivons à poursuivre notre action, ils verront bien. Ils verront bien tout ce que la Vague peut nous apporter.

– Peut-être, mais si nous ne faisons pas gaffe, expliqua Eric, ces abrutis vont tout gâcher. Vous avez entendu les dernières rumeurs ? On dit que des parents, des profs, et je sais pas qui encore, sont allés voir le principal pour se plaindre. Vous y croyez, vous ? À ce rythme-là, personne n'aura l'opportunité de voir ce que la Vague peut accomplir.

— Laurie Saunders représente une vraie menace, déclara Robert d'un ton brusque. On doit l'arrêter. »

David n'apprécia guère la note sinistre dans la voix de son camarade.

« Hé, attends…, voulut-il protester.

— T'inquiète, Robert, le coupa Brian. David et moi, on peut s'occuper de Laurie. Pas vrai, David ?

— Euh… »

David sentit soudain la main de Brian sur son épaule. Son ami l'éloigna progressivement du groupe. Robert ne les quittait pas du regard.

« Écoute, vieux, murmura Brian. S'il y a une personne qui peut convaincre Laurie, c'est toi.

— Peut-être, mais je n'aime pas l'attitude de Robert. Comme s'il voulait qu'on élimine le moindre élève qui nous résiste. C'est exactement l'inverse de ce que nous devrions faire.

— David, écoute-moi. Robert est un peu trop enthousiaste, parfois. Mais tu dois reconnaître qu'il n'a pas tort. Si Laurie continue à écrire ses salades, la Vague est condamnée. Dis-lui simplement de se calmer. Elle t'écoutera.

— J'en suis pas certain, Brian.

— Bon, on va l'attendre après les cours. Comme ça, tu pourras lui parler, d'accord ? »

David acquiesça à contrecœur avant de répondre :

« Si tu veux. »

Chapitre 15

Cet après-midi-là, Christy Ross avait hâte de rentrer chez elle après la chorale. Ben avait disparu du lycée à la mi-journée et elle avait sa petite idée sur la raison qui l'y avait poussé. En arrivant, elle le trouva penché sur un livre traitant des Jeunesses hitlériennes.

« Ben, il s'est passé quelque chose, aujourd'hui ? » lui demanda-t-elle.

Sans lever le nez de sa lecture, il lui répondit d'un ton irrité :

« Je suis parti de bonne heure. Je… je ne me sentais pas très bien. Mais j'ai besoin de rester seul, Chris. Je dois me préparer pour demain.

– Mais chéri, j'ai besoin de te parler, l'implora-t-elle.

— Cela ne peut pas attendre ? lâcha-t-il. Je dois finir ce livre avant mon cours de demain.

— Non, ça ne peut pas attendre, insista-t-elle. C'est de ça que je dois te parler. De ton histoire de Vague. Te rends-tu seulement compte de ce qui se passe au lycée, Ben ? Et encore, je ne te parle même pas du fait que la moitié de mes élèves sèchent mon cours pour aller au tien. Te rends-tu compte que ta Vague chérie sème le chaos dans tout le lycée ? Au moins trois profs m'ont accostée dans les couloirs aujourd'hui pour me demander ce que diable tu avais en tête. Et ils se sont également plaints au principal.

— Je sais, je sais. Ils ne comprennent pas ce que j'essaye de faire, voilà tout.

— Tu es sérieux, Ben ? Les psychologues scolaires ont commencé à interroger les élèves de ta classe, tu étais au courant ? Es-tu toi-même bien sûr de savoir ce que tu fais ? Parce que, pour être honnête, tout le monde au lycée en doute.

— Et tu crois que je l'ignore ? Je sais bien ce qu'ils disent sur mon compte. Que je suis assoiffé de pouvoir… que je fais ça uniquement pour satisfaire mon ego démesuré.

— Tu ne t'es jamais dit qu'ils avaient peut-être raison ? Franchement, pense à tes objectifs de départ. Sont-ils toujours les mêmes ? »

Ben se passa la main dans les cheveux. Il avait suffisamment de problèmes avec la Vague sans que sa femme ait besoin d'en rajouter.

« Christy, je pensais que tu étais de mon côté, soupira-t-il, mais, en son for intérieur, il devait reconnaître qu'elle avait raison.

— Je suis de ton côté, Ben. Mais ces derniers jours, je ne te reconnais plus. Tu t'appliques tellement à jouer ton rôle au lycée que tu commences à oublier de quitter la peau de ton personnage à la maison. Je t'ai déjà vu aller trop loin comme ça, Ben. Maintenant, il est temps de tout arrêter, chéri.

— Je sais. De l'extérieur, on doit croire que j'ai dépassé les bornes. Mais je ne peux pas tout arrêter maintenant, gémit-il en secouant la tête d'un air las. C'est trop tôt.

— Quand alors ? rétorqua-t-elle, furieuse. Quand toi ou un de ces gosses aura fait quelque chose que vous regretterez tous ?

– Tu crois que je n'en ai pas conscience ? Tu crois que je ne suis pas inquiet ? C'est moi qui ai lancé cette expérience, et ils m'ont tous suivi. Si j'arrête maintenant, c'est comme si je les laissais tomber. Non seulement ils n'y comprendraient plus rien, mais en plus ils n'auraient rien appris.

– Eh bien, tant pis. »

Ben bondit sur ses pieds, frustré et hors de lui.

« Non, je ne ferai jamais ça ! Je ne peux pas leur faire une chose pareille ! cria-t-il à sa femme. Je suis leur professeur. Je suis responsable de les avoir entraînés là-dedans. J'ai peut-être trop laissé traîner les choses, je l'admets. Mais ils sont allés trop loin, ils ne pourront pas se contenter d'oublier le mouvement. Je dois les pousser jusqu'à ce qu'ils comprennent. La leçon que je vais leur apprendre sera sûrement la plus importante de toute leur vie ! »

Christy ne fut guère impressionnée.

« Eh bien, j'espère seulement que le principal sera d'accord avec toi, Ben, déclara-t-elle. Il m'a rattrapée alors que je partais, me disant qu'il t'avait cherché toute la journée.

Il veut te voir dans son bureau demain matin à la première heure. »

Les membres de la rédaction du *Grapevine* célébrèrent leur victoire jusque tard dans l'après-midi. Le numéro sur la Vague avait eu tellement de succès que tous les exemplaires s'étaient arrachés jusqu'au dernier. Et ce n'était pas tout : tout au long de la journée, des professeurs, des employés administratifs et quelques élèves étaient venus les trouver pour les remercier d'avoir révélé la « face obscure » de la Vague. On leur avait même rapporté que des lycéens avaient déjà quitté le mouvement.

Toute la rédaction s'était rendu compte qu'un seul numéro consacré à la Vague ne suffirait pas à arrêter un mouvement qui avait pris autant d'ampleur. Mais au moins, il lui avait porté un sacré coup. Carl fit remarquer que, à son avis, on n'entendrait plus parler de menaces contre des non-membres ou d'autres agressions.

Comme d'habitude, Laurie quitta la salle du journal en dernier. Le comité de rédaction était toujours prêt à faire la fête, mais dès qu'il s'agissait de nettoyer, il n'y avait plus personne. Laurie avait reçu un sérieux choc en début d'année, lorsqu'elle s'était rendu compte qu'être rédactrice en chef signifiait en fait récupérer les sales boulots dont personne ne voulait. Et ce soir, cela voulait dire tout ranger alors que les autres étaient rentrés chez eux.

Le temps qu'elle finisse, Laurie remarqua que la nuit était tombée et qu'elle était presque seule dans le bâtiment. Alors qu'elle éteignait la lumière et fermait la porte de la salle, la nervosité qui ne l'avait pas quittée de la semaine revint à la charge. La Vague avait reçu un sacré coup, mais le mouvement était encore fort au lycée. En tant que rédactrice en chef, Laurie savait bien qu'elle… Non, se dit-elle, arrête de faire l'idiote, tu es juste parano. La Vague n'était rien de sérieux, simplement une expérience menée en classe qui avait un peu dérapé. Il n'y avait rien à craindre.

Laurie traversa les couloirs sombres jusqu'à son casier pour y déposer un livre dont elle n'aurait pas besoin ce soir-là. Le silence dans le lycée désert était étrange. Pour la première fois, elle entendait le bourdonnement des fils électriques reliant les alarmes et les détecteurs de fumée, les gargouillis provenant de la salle de sciences, où on avait dû laisser une expérience se poursuivre toute la nuit, et même l'écho anormalement fort de ses pas sur le sol dur du couloir.

À quelques mètres de son casier, elle s'immobilisa. Sur la porte, on avait peint « ennemie » en lettres rouges. Soudain, le martèlement de son cœur affolé étouffa tous les autres bruits. Calme-toi, se dit-elle. Quelqu'un essaye de t'intimider, c'est tout. Tentant de recouvrer son sang-froid, elle commença à composer le code du cadenas. Mais elle s'arrêta en plein milieu. Quel était ce bruit ? Des pas ?

Laurie s'écarta lentement de son casier, perdant peu à peu son combat contre sa peur grandissante. Elle fit volte-face et se dirigea droit vers le couloir menant à la sortie. Les pas semblaient se rapprocher. Laurie pressa l'allure. Les pas résonnèrent plus forts encore et, tout à coup, les lumières au fond du couloir s'éteignirent. Terrifiée, elle jeta un œil par-dessus son épaule. Y avait-il quelqu'un ? Quelqu'un qui la suivait ?

Malgré elle, elle se mit à courir aussi vite qu'elle le pouvait vers la sortie. Au terme d'une course qui lui sembla durer une éternité, elle atteignit enfin la double porte en métal. Poussant le battant avec sa hanche, elle se rendit compte qu'elle était fermée !

Complètement paniquée, Laurie se jeta contre la double porte suivante. Elle s'ouvrit miraculeusement et l'adolescente apeurée plongea dans l'air frais de la nuit, courant à toutes jambes.

Elle maintint l'allure aussi longtemps qu'elle le put, avant de perdre haleine et de ralentir, le souffle court, ses livres serrés contre sa poitrine. Maintenant, elle se sentait plus en sécurité.

David attendait sur le siège passager de la camionnette de Brian, garée près des terrains de tennis ouverts toute la nuit. Il savait que les lumières vives des courts rassuraient Laurie et qu'elle passait toujours par là lorsqu'elle rentrait chez elle après la nuit tombée. Il y avait près d'une heure qu'ils attendaient dans le véhicule. Assis derrière le volant,

Brian guettait Laurie dans le rétroviseur tout en sifflant une chanson si faux que David n'arrivait pas à la reconnaître. Pendant ce temps, David observait les joueurs de tennis, écoutant le bruit monotone des balles percutant les raquettes.

« Brian, je peux te demander un truc ? fit David après un long silence.

– Quoi ?

– Qu'est-ce que tu siffles, exactement ? »

La question surprit Brian.

« Ben… c'est "*We are the champions*" », expliqua-t-il, avant de siffloter quelques mesures supplémentaires. Il massacrait tellement la chanson qu'elle était méconnaissable. « Et là, tu vois ?

– Ah… maintenant que tu le dis », répondit David en hochant la tête, avant de s'absorber de nouveau dans le match de tennis.

L'instant d'après, Brian se redressa.

« La voilà », lança-t-il.

David se tordit le cou pour la voir. Elle marchait sur le trottoir d'un pas rapide.

« Bon, tu me laisses m'en charger, déclara-t-il en ouvrant la portière.

– Si tu es sûr de pouvoir la convaincre. On ne rigole plus, lui rappela Brian.

– C'est ça... »

David descendit de la fourgonnette, contrarié de voir que Brian commençait à ressembler à Robert.

Il dut courir un peu pour la rattraper, tout en se demandant comment aborder la question. Il était sûr d'une chose : il valait mieux que ce soit lui qui s'en charge plutôt que Brian. Il arriva à son niveau, mais elle ne s'arrêta pas pour autant, le forçant à marcher vite pour ne pas se laisser distancer.

« Hé, Laurie, tu ne pourrais pas m'attendre ? demanda-t-il. Il faut que je te parle. C'est très important. »

Laurie ralentit avant de jeter un œil vers la camionnette.

« Tout va bien, je suis seul », la rassura-t-il.

Elle s'arrêta enfin. David remarqua qu'elle était hors de souffle et qu'elle serrait ses livres si fort que ses jointures étaient toutes blanches.

« Tiens donc, David, je n'ai pas l'habitude de te voir seul. Où est passé ton régiment ? »

David savait que, s'il voulait avoir une chance de la raisonner, il devait ignorer ses remarques agressives.

« Écoute, Laurie, tu ne veux pas me laisser parler une minute, s'il te plaît ? »

Elle ne semblait guère intéressée.

« David, on s'est dit tout ce qu'on avait à se dire la dernière fois. Je ne veux pas remettre ça, alors laisse-moi tranquille. »

Impuissant, David sentit la colère monter en lui. Elle ne voulait même pas l'écouter.

« Laurie, tu dois arrêter d'écrire contre la Vague. Tu causes des problèmes.

– Ce n'est pas *moi* qui cause des problèmes, mais la *Vague* !

– C'est faux ! Écoute, Laurie, nous voulons que tu sois de notre côté, pas contre nous.

– Eh bien, c'est raté. Je te l'ai déjà dit, je quitte le mouvement. Ce n'est plus un jeu. Des lycéens ont souffert à cause de la Vague. »

Elle commença à s'éloigner, mais David la suivit.

« C'était un accident, rétorqua-t-il. Ces abrutis se sont servis de la Vague pour tabasser cet élève de seconde. Tu ne comprends donc pas ?

La Vague n'aspire toujours qu'au bien commun. Ce n'est pourtant pas compliqué ! La Vague pourrait devenir un système complètement nouveau. Avec nous, ça pourrait marcher.

– Avec vous, oui, avec moi, non. »

Il savait que, s'il ne l'arrêtait pas, elle lui échapperait. C'était injuste qu'une seule personne puisse tout faire rater. Il devait la convaincre. Par tous les moyens ! Sans s'en rendre compte, il lui attrapa le bras.

« Lâche-moi ! lança-t-elle en tentant de se libérer, en vain.

– Laurie, tu dois arrêter ce que tu fais », dit-il.

Non, c'était vraiment trop injuste, se répéta-t-il.

« David, lâche mon bras !

– Laurie, tu dois arrêter d'écrire ces articles ! Ne parle plus de la Vague ! Tu es en train de tout gâcher ! »

Elle s'efforçait toujours de se libérer.

« J'écrirai et je dirai ce que je veux et tu ne peux pas m'en empêcher ! » hurla-t-elle.

Aveuglé par la colère, David attrapa son autre bras. Pourquoi devait-elle s'entêter ainsi ? Pourquoi ne voyait-elle pas le bien que pouvait faire la Vague ?

« Si, nous pouvons t'en empêcher, et nous le ferons ! »

Mais Laurie se débattit de plus belle.

« Je te déteste ! cria-t-elle. Je déteste la Vague ! Je vous déteste tous ! »

Il reçut ses paroles comme une gifle. Presque hors de lui, il rugit : « La ferme ! » et la poussa. Ses livres lui échappèrent lorsqu'elle tomba lourdement dans l'herbe.

Choqué par ce qu'il venait de faire, David eut un mouvement de recul. Laurie gisait au sol. Apeuré, il tomba à genoux et la prit dans ses bras.

« Oh, Laurie, est-ce que ça va ? »

Elle répondit par un hochement de tête, les sanglots qui lui montaient dans la gorge l'empêchant de parler.

David la serra fort contre lui.

« Oh, je suis vraiment désolé », murmura-t-il.

En la sentant trembler dans ses bras, il se demanda comment diable il avait pu faire une chose aussi stupide. Qu'est-ce qui avait pu le pousser à faire du mal à Laurie, la fille dont il était toujours amoureux ? Elle se redressa un peu, hoquetant entre deux sanglots. David n'en croyait pas ses yeux. Il avait presque l'impression de sortir d'une transe. Que lui était-il passé par la tête, ces derniers jours, pour qu'il aille jusqu'à commettre une chose pareille ? L'instant d'avant à peine, il refusait d'admettre que la Vague pouvait nuire aux gens alors que lui-même venait de faire du mal à Laurie, sa propre petite amie, au nom de la Vague !

Quelle folie… David comprit qu'il avait eu tort depuis le début. Si quelque chose pouvait le pousser à agir ainsi, c'était dangereux. Forcément.

Au même moment, la camionnette de Brian descendit lentement la rue, leur passa devant, puis disparut dans la nuit.

Plus tard, ce même soir, Christy Ross alla trouver son mari dans son bureau.

« Ben, fit-elle d'un ton ferme, je suis désolée de t'interrompre en plein travail, mais j'ai beaucoup réfléchi et j'ai quelque chose d'important à te dire. »

Ben se redressa dans son fauteuil et regarda sa femme, mal à l'aise.

« Ben, il faut que tu mettes fin à la Vague demain. Je sais tout ce que cette expérience signifie pour toi, je sais que tu penses que c'est important pour tes élèves. Mais crois-moi, tu dois y mettre un terme.

– Comment peux-tu dire une chose pareille ?

– Parce que si tu ne le fais pas toi-même, je suis persuadée qu'Owens s'en chargera à ta place. Et si c'est lui qui y met fin, je t'assure que ton expérience se soldera par un échec. J'ai pensé toute la soirée à ce que tu essayes d'accomplir, Ben, et je crois que je commence à comprendre. Mais t'es-tu jamais demandé, au tout début, ce qui pourrait se passer si tu échouais ? T'es-tu jamais dit que ta réputation était en jeu ? Si cela finit mal, crois-tu que les parents d'élèves laisseront leurs enfants retourner dans ta classe ?

– Tu exagères un peu, non ?

– Pas du tout. T'es-tu jamais dit que tu mettais non seulement ta carrière en danger, mais aussi la mienne ? Certaines personnes pensent que, parce que je suis ta femme, je suis moi aussi mêlée à ton expérience absurde. Cela te semble-t-il juste, Ben ? J'ai de la peine à l'idée que, après seulement deux ans passés au lycée Gordon, tu sois en danger de ruiner ton avenir. Tu dois arrêter tout ça demain, Ben. Va voir le principal et dis-lui que c'est fini.

– Christy, comment peux-tu me dire ce que je dois faire ? Comment pourrais-je achever l'expérience en un jour sans laisser tomber mes élèves ?

– Tu dois trouver un moyen, Ben. Un point c'est tout. »

Ben se frotta le front en pensant au rendez-vous à venir avec le principal. Owens était un homme bon, ouvert aux idées et aux expériences nouvelles, mais Ben portait maintenant un lourd fardeau sur ses épaules. D'un côté, parents et professeurs étaient résolument contre la Vague, et faisaient pression sur le principal pour qu'il y mette fin. De l'autre, il n'y avait que Ben Ross qui l'implorait de ne pas s'en mêler, essayant de lui démontrer que dissoudre brutalement le mouvement serait désastreux pour les élèves. Ils y avaient mis tant d'eux-mêmes. Arrêter la Vague sans la moindre explication serait comme ne lire que la première moitié d'un roman, sans jamais en connaître le dénouement. Mais Christy avait raison. Ben savait que la Vague devait prendre fin. L'important n'était pas de savoir quand, mais comment. Les élèves devaient le faire d'eux-mêmes, en comprenant pourquoi. Autrement, tout cela n'aurait servi à rien.

« Christy, je sais que je dois mettre un terme à l'expérience, mais je ne vois pas comment. »

Son épouse soupira longuement.

« Tu veux dire que, demain matin, tu iras dans le bureau du principal pour lui dire cela ? rétorqua-t-elle. Que tu sais que tu dois l'arrêter, mais que tu ignores comment ? Ben, tu es censé être le chef de la Vague. Tu décides, et ils t'obéissent aveuglément, non ? »

Il n'appréciait guère le ton sarcastique de sa femme, mais une fois de plus, il comprit qu'elle avait raison. Jamais il n'avait souhaité pousser si loin son rôle de leader, mais ses élèves l'y avaient entraîné. Et, en vérité, il n'avait rien fait pour résister. Il devait même reconnaître que, avant que cela tourne mal, il avait apprécié ces moments fugaces de pouvoir. Une salle pleine d'élèves obéissant à ses ordres, le symbole de la Vague qu'il avait créée affiché sur tous les murs du lycée, et même un garde du corps ! Il avait souvent lu que le pouvoir pouvait séduire les hommes, et maintenant, il en faisait les frais. Ben se passa la main dans les cheveux. Les membres de la Vague ne seraient pas les seuls à retenir une leçon sur le pouvoir. Leur professeur également.

« Ben ?

— Oui, je sais, je suis en train d'y réfléchir. »

De me poser des questions, plutôt, pensa-t-il. Supposons qu'il y ait une solution applicable dès le lendemain. Supposons qu'il trouve un moyen abrupt et sans appel. Est-ce qu'ils le suivraient ? Aussitôt, Ben sut ce qu'il devait faire.

« Ça y est, Christy, j'ai une idée.

— Es-tu certain que cela marchera ? voulut-elle savoir, l'air sceptique.

– Non, mais je l'espère. »

Christy hocha la tête, puis regarda sa montre. Il était tard et elle se sentait fatiguée. Elle se pencha vers lui pour l'embrasser sur le front. La peau de son mari était moite de transpiration.

« Tu viens te coucher ? lui demanda-t-elle.
– J'arrive. »

Pendant qu'elle se dirigeait vers la chambre, Ben repassa son plan en revue. Il lui semblait infaillible. Il se leva, bien décidé à aller dormir. Soudain, alors qu'il éteignait les lumières, on sonna à la porte. Il frotta ses yeux fatigués avant de gagner le seuil d'un pas traînant.

« Qui est là ?
– C'est David Collins et Laurie Saunders, Monsieur Ross. »

Ben leur ouvrit, surpris.

« Qu'est-ce que vous faites là, à cette heure-ci ?
– Monsieur Ross, il faut qu'on vous parle, déclara David. C'est très important. »

Tandis que Ben les conduisait vers le salon, il remarqua leurs visages bouleversés. La

Vague avait-elle déclenché un incident plus grave encore ? Dieu l'en garde. Les deux élèves s'assirent sur le canapé. David se pencha en avant pour lui parler.

« Monsieur Ross, vous devez nous aider, dit-il d'une voix agitée.

– Que se passe-t-il ? Qu'est-ce qui ne va pas ?

– C'est la Vague, répondit David.

– Monsieur Ross, reprit Laurie, nous savons à quel point cette expérience compte pour vous… mais elle est allée trop loin. »

Avant que Ben ait eu le temps de parler, David ajouta :

« La Vague a pris le contrôle de l'école, Monsieur Ross. On ne peut rien dire contre elle. Les gens redoutent même de la critiquer.

– Au lycée, les élèves ont peur, poursuivit Laurie. Vraiment peur. De dire quoi que ce soit contre la Vague, mais aussi de ce qui pourrait leur arriver s'ils ne suivent pas le mouvement. »

Ben hocha la tête. Dans un sens, ce que ces élèves venaient de lui dire gomma une partie de ses préoccupations à propos de la Vague. S'il suivait le conseil de Christy et se remémorait ses objectifs premiers, alors les peurs qu'évoquaient David et Laurie confirmaient que l'expérience était un succès. Après tout, à l'origine, le mouvement avait été lancé comme un moyen de montrer à ces gamins à quoi pouvait ressembler la vie quotidienne dans l'Allemagne nazie. Manifestement, en termes de peur et de collaboration forcée, c'était réussi… un peu trop réussi.

« On ne peut même plus avoir une conversation sans se demander qui peut nous entendre », ajouta Laurie.

De nouveau, Ben ne put qu'acquiescer. Il se souvint de ces trois élèves dans son propre cours d'histoire qui avaient reproché aux Juifs de ne pas avoir pris la menace des nazis au sérieux, de ne pas avoir fui leurs maisons et leurs ghettos lorsque les rumeurs de l'existence des camps de concentration et des chambres à gaz commencèrent à leur parvenir. Évidemment, pensa Ben, quelle personne sensée croirait à des choses pareilles ? Et qui aurait cru qu'un groupe d'élèves sympathiques comme ceux du lycée Gordon pourrait donner corps à un mouvement fasciste appelé la Vague ? Était-ce là une faiblesse de l'homme, qui le poussait à ignorer la part d'ombre de ses semblables ?

David l'arracha à ses pensées.

« Ce soir, j'ai failli faire du mal à Laurie à cause de la Vague, avoua-t-il. Je ne sais pas ce qui m'a pris. Mais je sais que cette même force obscure habite presque tous ceux qui ont rejoint le mouvement.

– Il faut que vous arrêtiez tout, le pressa Laurie.

– Je sais, répondit Ben. C'est ce que je vais faire.

– Comment allez-vous vous y prendre, Monsieur Ross ? » voulut savoir David.

Ben savait qu'il ne pouvait révéler son plan aux deux adolescents. Il était crucial que les membres décident seuls de la marche à suivre. Pour que l'expérience réussisse vraiment, Ben ne pouvait que leur montrer des preuves. Si le lendemain David ou Laurie apprenait aux autres qu'il comptait dissoudre le mouvement, l'opinion des élèves serait biaisée. Ils pourraient quitter la Vague sans vraiment en saisir la nécessité. Pire encore, ils pourraient tenter de s'opposer à lui pour garder la Vague en vie malgré tout.

« David, Laurie, vous avez découvert par vous-mêmes ce que les autres membres de la Vague n'ont pas encore compris. Je vous promets que, demain, je vais les aider à prendre conscience de ce qu'est vraiment la Vague. Mais je dois le faire à ma façon, et je ne peux que vous demander de me faire confiance. Vous voulez bien ? »

Ils hochèrent la tête, pas tout à fait convaincus, puis Ben les raccompagna à la porte.

« Allez, il est tard, vous ne devriez pas être encore dehors à cette heure-ci. » Soudain, Ben eut une autre idée. « Au fait, est-ce que l'un de vous connaîtrait deux élèves qui n'ont jamais participé à la Vague ? Deux élèves que les membres de la Vague ne connaîtraient pas et dont ils ne remarqueraient pas l'absence ? »

David y réfléchit un instant. Si incroyable que cela puisse paraître, presque tous ceux qu'il connaissait avaient rejoint la Vague. Mais Laurie réagit aussitôt.

« Alex Cooper et Carl Block, dit-elle. Ils font partie du *Grapevine*.

– D'accord, fit Ben. Maintenant, je veux que, pendant le cours de demain, vous agissiez normalement. Faites comme si nous n'avions pas eu cette conversation, et ne dites à personne que vous êtes venus chez moi ou que vous m'avez parlé. Je peux compter sur vous ? »

David fit oui de la tête, mais Laurie semblait toujours préoccupée.

« Monsieur Ross, je ne suis pas certaine que…

– Laurie, la coupa-t-il. Il est très important que l'on procède ainsi. Tu dois me faire confiance. D'accord ? »

À contrecœur, Laurie acquiesça. Ben leur dit au revoir, tandis que David et elle disparaissaient dans la nuit.

Chapitre 16

Le lendemain matin, dans le bureau du principal, Ben dut sortir son mouchoir pour éponger la sueur qui perlait sur son front. Derrière son bureau, Owens venait de taper du poing sur la table.

« Bon sang, Ben ! Je me fiche bien de votre expérience. J'ai des professeurs qui se plaignent, des parents qui m'appellent toutes les cinq minutes pour savoir ce qui se passe ici, ce qu'on trafique avec leurs gamins ! Vous croyez que moi, je peux leur dire la bouche en cœur que ce n'est qu'une expérience ? Bon Dieu, Ben, vous vous rappelez cet élève de seconde qui s'est fait agresser la semaine dernière ? Son rabbin est venu me voir hier. Cet homme a passé deux ans à Auschwitz !

Vous pensez qu'il en a quelque chose à faire de votre expérience ?

— Monsieur Owens, dit Ben en se redressant dans son fauteuil. Je comprends très bien les pressions qui pèsent sur vous. J'ai conscience que la Vague a été trop loin. Je… » Il laissa sa phrase en suspens le temps de prendre une grande inspiration. « Je me rends compte que j'ai commis une erreur. Un cours d'histoire n'est pas un laboratoire. On ne peut pas se servir d'êtres humains comme de cobayes. Et surtout pas de lycéens qui n'ont pas conscience de faire l'objet d'une expérience. Mais oublions un instant que c'est une erreur, que tout cela a dépassé les bornes. Regardons la situation telle qu'elle est maintenant. Aujourd'hui, plus de deux cents élèves pensent que la Vague est une chose formidable. Il n'est pas trop tard pour qu'ils en retirent un enseignement. Tout ce dont j'ai besoin, c'est que vous me laissiez jusqu'à ce soir, et je pourrai leur donner une leçon qu'ils n'oublieront pas de sitôt. »

Le principal l'observa d'un air sceptique.

« Et entre-temps, qu'est-ce que je suis censé dire aux parents et aux autres professeurs ? »

De nouveau, Ben se tapota le front avec son mouchoir. C'était quitte ou double, il le savait. Mais que pouvait-il faire d'autre ? Il s'était mis dans le pétrin, il fallait qu'il s'en sorte.

« Dites-leur que je leur promets que tout sera fini d'ici à ce soir.

— Et comment comptez-vous procéder, exactement ? » demanda Owens en arquant un sourcil.

Il ne fallut pas longtemps à Ben pour évoquer les grandes lignes de son plan. En face de lui, le principal vida sa pipe et scruta l'objet. Un long silence inconfortable s'ensuivit. Finalement, Owens déclara :

« Ben, je vais être absolument franc avec vous. Cette histoire de Vague a considérablement nui à la réputation de notre établissement et j'en suis très contrarié. Je vous laisse jusqu'à ce soir, Ben. Mais je vous préviens : si cela ne marche pas, je serai dans l'obligation de vous demander votre démission.

— Je comprends. »

Le principal se leva et lui tendit la main.

« J'espère que votre plan fonctionnera, Ben, dit-il d'un ton solennel. Vous êtes un excellent professeur et nous serions au regret de vous voir partir. »

Une fois dans le couloir, Ben n'eut pas le temps de méditer les paroles de son supérieur. Il devait trouver Alex Cooper et Carl Block, et tout organiser le plus vite possible.

Quand vint l'heure de son cours d'histoire de terminale, il attendit d'avoir toute l'attention de ses élèves avant de prendre la parole.

« J'ai une annonce très spéciale à faire concernant la Vague. Aujourd'hui, à dix-sept heures, se tiendra un meeting dans l'auditorium... réservé aux membres de la Vague. »

Souriant comme pour lui-même, David fit un clin d'œil à Laurie.

« La raison du meeting est la suivante : la Vague n'est pas seulement une expérience de cours d'histoire, mais plus, bien plus que cela. À votre insu, la semaine dernière, partout dans le pays, d'autres professeurs ont commencé à recruter et à entraîner une brigade de lycéens pour montrer à la nation tout entière comment créer une société meilleure.

« Comme vous le savez, notre pays vient de traverser une décennie au cours de laquelle une inflation à deux chiffres a fortement pénalisé l'économie. Le taux de chômage atteint régulièrement un seuil alarmant et le taux de criminalité n'a jamais été aussi élevé. Le moral des États-Unis est au plus bas. Un nombre croissant de personnes, y compris les membres fondateurs de la Vague, pensent que, si l'on ne fait rien pour inverser la tendance, le pays courra à sa perte. »

David ne souriait plus du tout. Il ne s'attendait absolument pas à cela. À l'évidence, M. Ross n'avait pas l'intention de mettre fin à la Vague. Au contraire, il semblait y sombrer plus profondément encore !

« Nous devons prouver que, par la discipline, la communauté et l'action, nous pouvons métamorphoser ce pays, poursuivit Ross. Regardez ce que nous avons accompli dans ce lycée en quelques jours seulement. Si nous pouvons changer les choses ici, nous pouvons le faire partout. »

Laurie jeta un regard apeuré vers David, tandis que leur professeur poursuivait.

« Dans les usines, les hôpitaux, les universités : dans toutes les institutions... »

David se leva d'un bond pour protester.

« Monsieur Ross, Monsieur Ross !

— Assieds-toi, David ! lui ordonna Ben.

— Mais, Monsieur Ross, vous disiez que... »

Ben se hâta de lui couper la parole.

« David, je t'ai dit de t'asseoir. Ne m'interromps pas. »

David obéit. Lorsque Ben reprit, le lycéen n'en crut pas ses oreilles.

« Maintenant, écoutez-moi bien. Au cours du meeting, le fondateur et leader national de la Vague apparaîtra sur une chaîne du câble pour annoncer la formation d'un Mouvement national des Jeunesses de la Vague ! »

Tout autour de David et Laurie, leurs camarades poussèrent des hourras. C'en était trop pour eux. D'un même mouvement, ils se levèrent pour faire face à leur classe.

« Attendez, attendez, les implora David. Ne l'écoutez pas. N'écoutez pas ce qu'il dit. Il ment ! »

« Vous ne voyez donc pas ce qu'il fait ? lança Laurie, la voix brisée par l'émotion. Il n'y en a pas un parmi vous qui pense encore par lui-même ? »

Leurs camarades les fusillèrent du regard, dans un silence de mort.

Ben devait agir vite, avant que les deux adolescents n'en révèlent trop. Il comprit qu'il avait commis une erreur. Comme il leur avait demandé de lui faire confiance, jamais il n'aurait pensé qu'ils lui désobéiraient. Mais leur comportement était logique, comprit-il trop tard. Il fit claquer ses doigts.

« Robert, tu seras responsable de la classe le temps que j'accompagne David et Laurie jusqu'au bureau du principal.

– Monsieur Ross, entendu ! »

Ben gagna la porte d'un pas vif et la maintint ouverte pour les contrevenants.

Une fois dans le couloir, Laurie et David se dirigèrent lentement vers le bureau d'Owens, suivis de près par Ben. De leur classe leur parvenaient les clameurs de leurs camarades :

« La Force par la Discipline ! La Force par la Communauté ! La Force par l'Action ! »

« Monsieur Ross, vous nous avez menti hier soir, osa David, amer.

— C'est faux, David. Mais je vous avais demandé de me faire confiance.

— Et pourquoi on vous ferait confiance ? s'enquit Laurie. Vous êtes le créateur de la Vague ! »

C'était un argument de poids. Ben ne trouva rien à leur répondre. Et pourtant, ils devaient le croire. Il espérait que, d'ici à la fin de la journée, ils le comprendraient.

David et Laurie passèrent la plus grande partie de l'après-midi à attendre devant le bureau du principal. Ils étaient malheureux et déprimés, certains que M. Ross leur avait tendu un piège. Coincés dans ce couloir, ils ne pouvaient plus empêcher la Vague du lycée Gordon de rejoindre la grande Vague nationale, qui avait pris son essor simultanément partout dans le pays.

Même Owens sembla indifférent lorsqu'il daigna enfin les recevoir. Les deux adolescents aperçurent sur son bureau le mot d'explication de M. Ross. De leur place, ils n'arrivaient pas à le déchiffrer, mais M. Ross y expliquait sans doute que Laurie et David avaient perturbé le bon déroulement du cours. Ils implorèrent tous deux le principal d'intervenir pour empêcher le meeting de dix-sept heures et dissoudre la Vague, en vain. Owens se contentait de répéter que tout irait bien.

Il leur ordonna finalement de retourner en cours. Les deux adolescents avaient du mal à y croire. Alors qu'ils faisaient tout pour empêcher un véritable désastre, Owens semblait ne se rendre compte de rien.

Dans le couloir, David balança ses livres dans son casier avant d'en claquer la porte.

« Laisse tomber, lâcha-t-il, furieux. Je peux pas rester ici une seconde de plus. Je me tire.

– Attends-moi un instant, le temps que je range mes livres. Je reviens tout de suite. »

Quelques minutes plus tard, tandis qu'ils marchaient dans la rue, Laurie devina que David s'en voulait.

« Je n'arrive pas à croire que j'aie pu être aussi bête, Laurie, ne cessait-il de dire. Je n'arrive pas à croire que je sois tombé dans le panneau.

– Tu n'es pas bête, le rassura-t-elle en pressant sa main. C'est vrai, quoi, la Vague avait aussi ses bons côtés. Forcément. Sinon personne n'aurait eu envie de rejoindre le mouvement. C'est juste que les autres n'en voient pas les mauvais côtés. Ils pensent que la Vague rend tous ses membres égaux, sans se rendre compte qu'elle nous prive de notre libre arbitre.

– Laurie, et si on faisait fausse route ? Et si on s'était trompés sur toute la ligne ?

– Mais non. C'est nous qui avons raison.

– Alors, pourquoi personne ne s'en aperçoit ?

– J'en sais rien. On dirait qu'ils sont tous lobotomisés. Ils refusent purement et simplement de nous écouter. »

David hocha la tête avec impuissance.

Comme il était encore tôt, ils décidèrent d'aller se promener dans le parc du quartier. Ni l'un ni l'autre ne voulait rentrer à la maison. David ne savait plus quoi penser de la Vague et de M. Ross. Quant à Laurie, elle affirmait toujours que ce n'était qu'une mode et que les lycéens finiraient par s'en lasser, quels que soient le leader et la zone d'influence du mouvement. Ce qui l'effrayait, c'était ce dont ils seraient capables en attendant.

« Je me sens vraiment seul, soudain, déclara David pendant qu'ils déambulaient entre les arbres. Comme si tous mes amis appartenaient à un mouvement fou furieux et que, moi, j'étais rejeté simplement parce que je refuse d'être en tout point comme eux. »

Laurie comprenait tout à fait ce qu'il voulait dire ; elle ressentait la même chose. Elle se rapprocha de lui et David passa son bras autour de ses épaules. Elle ne s'était jamais sentie aussi proche de lui. N'était-il pas étrange qu'une telle épreuve ait fini par les rapprocher ? Elle repensa à la veille au soir : dès qu'il s'était rendu compte qu'il lui avait fait du mal, il avait complètement oublié la Vague. Soudain, elle le serra fort dans ses bras.

« Qu'est-ce qu'il y a ? s'enquit-il, surpris.

– Oh, euh, rien.

– Hmmm », fit-il en se détournant.

Les pensées de Laurie dérivèrent de nouveau vers la Vague. Elle essayait d'imaginer l'auditorium de l'école, rempli de lycéens. Et ce leader qui leur parlait d'on ne savait où à la télévision. Que leur dirait-il ? De brûler des livres ? De forcer tous les non-membres à porter des brassards ? Cela semblait tellement fou qu'une chose pareille puisse se produire... Tout à coup, elle se souvint d'un détail.

« David, tu te rappelles le jour où tout a commencé ?

— Celui où Ross nous a appris le premier slogan ?

— Non, la veille... le jour où il nous a montré ce documentaire sur les camps de concentration. Où j'étais toute retournée. Personne n'arrivait à comprendre pourquoi le reste de la population allemande n'avait rien fait, pourquoi ils avaient prétendu qu'ils n'étaient pas au courant.

— Oui... et ? »

Laurie leva les yeux vers lui.

« David, tu te souviens de ce que tu m'as dit pendant la pause-déjeuner ? »

Il essaya un instant de se rappeler la scène, sans succès.

« Tu m'as dit que cela n'arriverait plus jamais. »

David l'observa un instant. Puis un sourire ironique se dessina sur ses lèvres.

« Tu sais quoi ? fit-il. Aujourd'hui encore, alors que j'étais moi-même membre, et malgré le meeting avec le leader national, je n'arrive toujours pas à croire que c'est réel. C'est tellement insensé.

— Je me disais exactement la même chose. » Soudain, une idée la frappa. « David, retournons au lycée.

— Pourquoi ?

— Je veux le voir. Je veux voir ce leader national. Je te jure que je n'arriverai pas à y croire tant que je ne l'aurai pas vu de mes propres yeux.

— Mais Ross nous a dit que le meeting était réservé aux membres de la Vague !

— Qu'est-ce que ça peut bien faire ? »

David haussa les épaules.

« Je sais pas, Laurie. Je ne suis pas sûr d'avoir envie d'y retourner. J'ai l'impression que… que je me suis fait avoir une fois par la Vague et que, si j'y retourne, je pourrais retomber dans le panneau.

— Aucun risque ! » rétorqua-t-elle en riant.

Chapitre 17

C'est incroyable, pensa Ben Ross en traversant le couloir en direction de l'auditorium. Devant les portes de la grande salle, deux de ses élèves, assis derrière une table, vérifiaient les cartes de membre. L'auditorium se remplissait de lycéens, dont beaucoup portaient des bannières et des pancartes au symbole de la Vague. Impressionné, Ross se dit que, avant la création du mouvement, il aurait fallu une semaine pour organiser pareil événement. Aujourd'hui, cela n'avait pris que quelques heures. Il soupira. Tant pis pour le bon côté de la discipline, de la communauté et de l'action. S'il arrivait à « déprogrammer » la Vague de l'esprit des lycéens, combien de temps leur faudrait-il pour rendre de nouveau des devoirs négligés ? Il sourit. Était-ce là le prix de la liberté ?

Devant lui, Robert, qui portait veste de costume et cravate, échangea des saluts avec Brad et Brian.

« L'auditorium est plein, leur annonça Robert. Les gardes sont-ils en place ?

– Oui », répondit Brad.

Ce qui sembla réjouir Robert.

« Bien, vérifions que toutes les portes sont fermées », lança-t-il.

Ben se frotta les mains nerveusement. L'heure de vérité avait sonné. En se dirigeant vers l'entrée de la scène, il aperçut Christy qui l'attendait.

« Salut, fit-elle en l'embrassant sur la joue. Je voulais te souhaiter bonne chance.

– Merci, j'en aurai besoin. »

Son épouse réajusta le nœud de sa cravate.

« On ne t'a jamais dit que tu portais bien le costume ? le railla-t-elle.

– En fait, Owens m'a fait le même compliment l'autre jour, soupira-t-il. Réjouis-toi, si je dois me trouver un autre boulot, je risque d'en porter beaucoup plus souvent.

– Ne t'inquiète pas. Tout va bien se passer. »

Un sourire timide éclaira le visage du professeur.

« J'aimerais partager ta foi en moi », dit-il.

Christy éclata de rire avant de le diriger vers l'entrée de la scène.

« Allez, mon beau, tu vas brûler les planches ! »

Les pas de Ben le guidèrent malgré lui au bord de la scène, d'où il regarda l'auditorium plein à craquer. Robert le rejoignit peu après.

« Monsieur Ross, dit-il en le saluant, toutes les portes sont sécurisées et les gardes sont en place.

– Merci, Robert. »

Il était temps de commencer. Tout en s'avançant à grands pas jusqu'au centre de la scène, Ben jeta un œil vers les rideaux derrière lui, puis vers la cabine du projectionniste au fond de la salle. Lorsqu'il se plaça entre les deux écrans géants qu'il avait commandés au service technique un peu plus tôt, la foule se mit spontanément à clamer les slogans de la Vague, debout devant les sièges, tout en exécutant le salut rituel.

« La Force par la Discipline ! »

« La Force par la Communauté ! »

« La Force par l'Action ! »

Face à eux, Ben resta immobile. Dès qu'ils eurent fini de réciter les slogans, il leva les bras pour demander le silence. Une fraction de seconde plus tard, le silence régnait dans la salle pleine de lycéens. Quelle obéissance ! pensa Ben, avec tristesse. Il balaya l'assemblée du regard, conscient que c'était probablement la dernière fois qu'il les captivait à ce point. Puis il commença :

« Dans un instant, notre leader national s'adressera à vous. » Il se tourna avant de poursuivre : « Robert ?

— Monsieur Ross ?

— Allume les téléviseurs. »

Robert obtempéra et les écrans brillèrent soudain d'une lumière bleue. Partout dans l'auditorium, des membres de la Vague impatients tendaient le cou, les yeux rivés aux téléviseurs, dans l'expectative.

Une fois devant la salle, David et Laurie essayèrent d'entrer par un côté, mais ne trouvèrent que des portes closes. Ils gagnèrent l'entrée suivante, sans plus de succès. Mais ils connaissaient d'autres entrées, et se mirent à courir vers elles.

Les écrans étaient toujours bleus. Aucun visage n'apparut, aucun son ne sortit des enceintes. Dans la salle, les élèves commençaient à plisser les yeux et à échanger des murmures inquiets. Pourquoi ne se passait-il rien ? Où était leur chef ? Que devaient-ils faire ? Tandis que la tension continuait à monter dans l'auditorium, cette question tournait et retournait dans leur tête : *que devaient-ils faire ?*

De son poste sur la scène, Ben couva du regard cette marée de visages inquiets qui l'observaient sans ciller. Était-il donc vrai que la nature des hommes les poussait à chercher un meneur ? Quelqu'un pour prendre les décisions à leur place ? Manifestement, tous ces visages levés vers lui l'affirmaient. Telle était la responsabilité d'un chef : savoir qu'un groupe comme celui-là le suivrait n'importe où. Ben commençait à comprendre à quel point sa « petite expérience » s'avérait bien plus sérieuse que ce qu'il avait imaginé. Ils étaient prêts à lui faire une confiance aveugle, à le laisser décider à leur place sans hésiter une seconde – ce constat l'effrayait. Si le destin des hommes était de suivre un chef, raison de plus pour que ses élèves retiennent cette leçon : il faut toujours tout remettre en question, ne jamais faire confiance aveuglément à quelqu'un. Autrement…

Au milieu du public, un lycéen frustré d'attendre bondit de son siège pour s'écrier :

« Il n'y a pas de leader, c'est ça ?! »

Sous le choc, des élèves se tournèrent vers le protestataire tandis que deux gardes l'évacuaient. Dans la confusion qui s'ensuivit, Laurie et David parvinrent à entrer en douce par la porte ouverte.

Avant que les élèves aient eu le temps de comprendre ce qui venait de se passer, Ben reprit sa place au centre de la scène.

« Si, vous avez un leader ! » clama-t-il.

C'était le signal qu'attendait Carl Block, caché dans les coulisses. Comme Ben le lui avait indiqué, il tira les rideaux pour dévoiler un grand écran de cinéma. Au même instant, dans la cabine au fond de la salle, Alex mit le projecteur en marche.

« Le voilà ! cria Ben à l'attention de l'auditorium plein d'élèves. Le voilà, votre leader ! »

La salle résonna de hoquets et d'exclamations lorsqu'un portrait géant d'Adolf Hitler apparut à l'écran.

« C'est ça ! murmura Laurie à David, tout excitée. C'est le documentaire qu'il nous a montré ce jour-là ! »

« Maintenant, écoutez-moi bien ! lança le professeur. Le Mouvement national des Jeunesses de la Vague n'existe pas. Pas plus que le soi-disant leader. Mais s'il devait y en avoir un, ce serait lui ! Vous voyez ce que vous êtes devenus ? Vous voyez vers où vous vous dirigiez ? Jusqu'où seriez-vous allés ? Regardez un peu votre avenir ! »

Le portrait d'Adolf Hitler disparut et le film montra ensuite des visages de jeunes nazis ayant combattu pour le Führer durant la Seconde Guerre mondiale. Nombre d'entre eux n'étaient que des adolescents, parfois même plus jeunes que certains lycéens du public.

« Vous vous croyiez si spéciaux ! reprit Ben. Meilleurs que tous ceux qui ne sont pas dans cette salle. Vous avez échangé votre liberté contre une pseudo-égalité. Mais cette égalité, vous l'avez transformée en supériorité sur les non-membres. Vous avez accepté la volonté du groupe face à vos propres convictions, sans vous soucier de ceux qui en souffraient. Oh, certains d'entre vous pensaient se contenter de suivre les autres, se disant qu'ils pouvaient rebrousser chemin s'ils le voulaient. Mais l'avez-vous fait ? L'un d'entre vous a-t-il seulement essayé ?

« Eh oui, vous auriez tous fait de bons petits nazis. Vous auriez porté l'uniforme, détourné le regard et permis que l'on persécute et que l'on massacre vos amis et voisins. Vous disiez que cela ne pourrait plus arriver, mais regardez à quel point vous vous en êtes approchés. À menacer ceux qui refusaient de vous rejoindre, à empêcher les non-membres de s'asseoir avec vous aux matchs de foot. Le fascisme ne se retrouve pas seulement chez ces gens-là. Il est ici, en chacun de nous. Vous m'avez demandé comment les Allemands ont pu laisser des millions d'êtres humains innocents se faire assassiner. Comment ils ont pu prétendre qu'ils n'y étaient pour rien. À votre avis, qu'est-ce qui peut pousser les gens à renier leur propre histoire ? »

Ben s'approcha du bord de la scène et parla d'un ton plus bas.

« Si l'histoire est condamnée à se répéter, alors vous aussi, vous voudrez tous nier ce qui vous est arrivé dans la Vague. En revanche, si notre expérience est réussie, et vous admettrez que c'est bien le cas, vous aurez appris que nous sommes tous responsables de nos propres actes et que nous devons toujours réfléchir sur ce que nous faisons plutôt que de suivre un chef aveuglément ; et pour le restant de vos jours, jamais, au grand jamais, vous ne permettrez à un groupe de vous déposséder de vos libertés individuelles. »

Ben fit une courte pause. Jusque-là, son discours semblait tous les incriminer. Mais ce n'était pas suffisant.

« Écoutez-moi, s'il vous plaît. Je vous dois des excuses. Je sais que vous venez de vivre un événement pénible. Pourtant, en un sens, on pourrait arguer qu'aucun d'entre vous n'est plus coupable que moi, qui vous ai entraînés là-dedans. Je pensais me servir de la Vague pour vous inculquer une bonne leçon, et peut-être que j'ai trop bien réussi. J'ai joué mon rôle de chef avec bien plus de zèle que prévu. Et j'espère que vous me croirez lorsque je dis que, pour moi aussi, la leçon est pénible. Je ne puis ajouter qu'une chose : j'espère que nous partagerons cette leçon jusqu'à la fin de nos vies. Si nous sommes suffisamment intelligents, nous n'oserons pas l'oublier. »

L'effet sur les lycéens était stupéfiant. Partout dans l'auditorium, des élèves se levaient doucement de leur siège. Certains étaient en larmes, d'autres tentaient d'éviter le regard de leurs voisins. Tous semblaient frappés par la leçon du jour. En quittant la salle, ils jetèrent bannières et pancartes.

Le sol fut bientôt recouvert de cartes de membre jaunes. Ils sortirent furtivement de l'auditorium, abandonnant toute idée de salut militaire derrière eux.

Laurie et David descendirent l'allée entre les rangs à contresens, croisant la file des élèves abattus qui attendaient de quitter les lieux. Amy venait vers eux, tête baissée. Lorsqu'elle reconnut Laurie, elle fondit en larmes et courut serrer son amie dans ses bras.

Derrière elle, David vit Eric et Brian. Tous deux semblaient ébranlés. Ils s'arrêtèrent devant David et, pendant une fraction de seconde, les trois coéquipiers s'entre-regardèrent dans un silence gêné.

« Quel mauvais trip ! » marmonna Eric d'une voix à peine audible.

David essaya de minimiser l'expérience. Il se sentait mal pour ses amis.

« Le principal, c'est que maintenant ce soit fini, leur dit-il. Allez, on essaye de tout oublier… Enfin, non, il ne faut pas l'oublier… mais un peu quand même. »

Eric et Brian acquiescèrent. Ils comprenaient ce qu'il voulait dire malgré son charabia.

Brian fit une grimace désabusée.

« J'aurais dû m'en douter, dit-il, la première fois que ce type de Clarkstown a dégagé mes bloqueurs et m'a plaqué avant même que j'aie eu le temps de faire une passe, ce qui nous a valu une pénalité de quinze mètres... J'aurais dû me douter que ça ne nous apporterait rien de bon. »

Les trois coéquipiers échangèrent quelques rires brefs, puis Eric et Brian quittèrent l'auditorium. David se dirigea vers la scène, où Ben se tenait toujours. Le professeur semblait très fatigué.

« Je suis désolé de ne pas vous avoir fait confiance, Monsieur Ross.

— Au contraire, c'est tout à ton honneur. Cela prouve ton esprit critique. Je devrais te présenter mes excuses, David. J'aurais dû te dire ce que j'avais en tête. »

Laurie les rejoignit peu après.

« Monsieur Ross, que va-t-il se passer maintenant ? » s'enquit-elle.

Ben haussa les épaules.

« Je ne suis pas sûr de le savoir, Laurie. Nous devons nous attaquer au reste du programme. Mais nous prendrons peut-être encore un cours pour discuter de ce qu'il s'est passé.

– Ce serait une bonne idée, reconnut David.

– Vous savez, Monsieur Ross, reprit Laurie, quelque part, je suis contente que tout cela se soit produit. Enfin, je regrette vraiment qu'on en soit arrivé là, mais je suis contente que cela finisse bien. Et je pense que tout le monde a beaucoup appris.

– C'est gentil de ta part, Laurie. Mais j'ai déjà décidé que je sauterai cette leçon l'année prochaine. »

David et Laurie échangèrent un regard et sourirent. Ils dirent au revoir à leur professeur avant de se diriger vers la sortie.

Ben les regarda quitter la salle en même temps que les derniers ex-membres de la Vague. Lorsqu'ils furent tous partis et qu'il se crut seul, il soupira : « Dieu merci. » Il était soulagé que son expérience se soit bien terminée et se réjouissait d'avoir toujours son poste au lycée Gordon. Il lui faudrait encore apaiser quelques parents en colère et autres collègues furieux, mais il savait qu'avec le temps il y parviendrait.

Il allait quitter la scène lorsqu'il entendit un sanglot. Appuyé contre l'un des téléviseurs, Robert pleurait à chaudes larmes.

Pauvre Robert, pensa Ben. Le seul qui avait tout à perdre dans cette histoire. Il s'approcha du lycéen tremblotant et passa un bras autour de ses épaules.

« Tu sais, Robert, déclara-t-il pour lui remonter le moral, la cravate et le costume te vont bien. Tu devrais en porter plus souvent. »

Malgré ses larmes, Robert parvint à sourire.

« Merci, Monsieur Ross.

— Qu'est-ce que tu dirais d'aller manger un truc ? proposa Ben en l'entraînant au bas de la scène. Il y a deux ou trois choses dont j'aimerais qu'on discute. »

Postface de l'éditeur

Bestiaire du totalitarisme ordinaire

« Ben, je crois que tu viens de créer des monstres.
— C'est possible », répond Ben Ross à sa femme, à qui il vient de raconter les débuts de son expérience pédagogique.

Il ne croit pas si bien dire ! Pour l'instant, Christie l'observe avec « un sourire malicieux », et lui trouve l'expérimentation intéressante, voire fascinante. Mais ils vont vite déchanter. Car plus l'expérience se prolonge, plus une sorte d'*animalité* prend possession des lycéens. Christie, intuitivement, a d'emblée trouvé le terme juste : Ben est en train de créer des *monstres*.

Avant Todd Strasser, nombreux sont les auteurs du siècle dernier qui ont utilisé des fables animalières pour mettre à nu les mécanismes par lesquels, comme l'écrit Ionesco, les gens « se laissent envahir par une religion nouvelle, une doctrine, un fanatisme » – et se transforment en monstres.

Dans *Rhinocéros*, pièce qu'il a créée en 1959, Ionesco met en scène ces mécanismes. Les habitants d'une petite ville de province se métamorphosent les uns après les autres en rhinocéros. Protégés par leur carapace et leur corne, ils s'en prennent systématiquement à tout ce qui ne leur ressemble pas. Même Jean, l'ami de Béranger – le seul à résister à l'épidémie de rhinocérite –, est tenté par la métamorphose. Sous l'œil effaré de Béranger, lui aussi devient progressivement vert. Et la petite bosse qu'il portait sur le front se transforme peu à peu en corne de rhinocéros.

On l'aura compris, la rhinocérite peut représenter dans la pièce l'hystérie collective qui s'est emparée de la population séduite par une idéologie, comme le nazisme. Avec son inévitable corollaire : le totalitarisme.

Cette pièce fait également écho à la fable que George Orwell publia, en 1945, sous le titre *La Ferme des animaux (Animal Farm)*. Dans ce récit, le schéma précédent est inversé, mais la leçon reste la même. Les animaux se rendent maîtres de la ferme du Manoir et tentent de promouvoir l'animalisme pour sortir de leur condition d'esclaves. Napoléon, un cochon de belle prestance, prend le pouvoir, remarquablement secondé par Brille-Babil, organisateur et contrôleur.

Commence alors le règne des cochons et des chiens « en grand nombre et pourvus de bon appétit », tandis que les autres animaux vont croupir dans leur pauvreté. Puis le slogan de départ, hostile à l'homme : « Quatrepattes, oui ! Deuxpattes, non ! », devient, dans la bouche des moutons qui suivent le troupeau : « Quatrepattes, bon ! Deuxpattes, mieux ! » La boucle se clôt. La ferme des Animaux est à nouveau la ferme du Manoir.

Parallèlement, on assiste à la transformation des cochons, comme celle de leur chef Napoléon, un tyran qui pèse désormais cent cinquante kilos. Ils se redressent progressivement sur leurs pattes arrière et changent de traits sous le regard effaré des autres animaux : « Dehors, les yeux des animaux allaient du cochon à l'homme et de l'homme au cochon, et de nouveau du cochon à l'homme ; mais déjà il était impossible de distinguer l'un de l'autre. » Dans cette œuvre, les animaux deviennent des « hommes »... au plus mauvais sens du terme !

Que l'animal se métamorphose en homme ou que l'homme s'animalise, qu'une idéologie triomphe plutôt qu'une autre, le résultat est donc, pour ces auteurs, chaque fois semblable. Les plus faibles ont été bernés par de belles paroles et se retrouvent domestiqués par un dirigeant populiste qui a confisqué le pouvoir à son profit en jouant sur des réflexes moutonniers primaires.

Comme l'écrit un des animaux de la ferme du Manoir : « Tous les animaux sont égaux, mais certains sont plus égaux que d'autres. » Et pour faire admettre l'injustice, on attise les divisions : « Un rhinocéros ne peut s'accorder avec celui qui ne l'est pas, un sectaire avec celui qui n'est pas de sa secte », note Ionesco en marge de sa pièce.

Magnétisme du chef

Nuremberg, Allemagne. 1938. L'écrivain Denis de Rougemont se retrouve au milieu d'une foule qui attend l'arrivée de Hitler. Les gens s'impatientent. La fièvre monte. Soudain, une clameur. Saisie par une hystérie collective, la foule se met à hurler quand elle commence à distinguer, dans le lointain, « l'homme sinistre ». D'abord surpris par ce délire, Denis de Rougemont sent monter en lui une émotion qu'il maîtrise difficilement. Qui « l'électrise » littéralement. Qui lui ferait peut-être perdre la raison. Mais quelque chose au plus profond de son être résiste. Quelque chose qui dit non. Quelque chose qui lui souffle de ne pas se laisser emporter par la vague populaire. C'est bientôt toute sa personnalité qui se rebiffe et se braque soudain contre la tentation de l'envoûtement collectif.

Cette expérience vécue et racontée par Denis de Rougemont constitue, selon Ionesco lui-même, le point de départ de la pièce *Rhinocéros*. Un phénomène naturel souvent étudié par écrivains, historiens, sociologues et psychiatres. Un phénomène dont chacun d'entre nous peut être la victime, à n'importe quel moment de son existence. Un phénomène qui tient de l'hystérie, du délire et de la magie, et qui peut balayer toute une éducation. Et même des siècles d'humanisme dans un pays comme l'Allemagne de l'entre-deux-guerres. Ce phénomène, Tolstoï l'a bien décrit dans *Guerre et Paix* en montrant un de ses héros saisi, magnétisé, envoûté par la présence du tsar Alexandre Ier lors d'une revue.

Réfléchissons bien et nous trouverons aisément des exemples de cette tentation à suivre sans discernement un chef charismatique. Dans le roman de Todd Strasser, Robert Billings, le jeune garçon introverti autrefois rejeté par la classe, propose à Ben Ross de devenir son garde du corps, plaçant d'emblée son professeur, qui n'a pourtant rien demandé, dans le rôle de chef suprême. Situation emblématique. À tout moment, un personnage peut cristalliser autour de lui les énergies, apparaître comme un demi-dieu et devenir une sorte de sauveur auquel on se remet aveuglément.

L'histoire du XXe siècle prouve à l'évidence que nulle démocratie n'est à l'abri du retour de « la bête immonde ». Plus près de nous, les conflits dans les Balkans entre la Serbie et ses proches voisins montrent qu'un dirigeant, comme Slobodan Milošević, élu régulièrement à la tête de la Serbie au suffrage universel direct, peut entraîner une partie de son peuple dans une guerre particulièrement atroce. Recherché avec deux autres criminels de guerre (Radovan Karadžić – arrêté en juillet 2008 – et Ratko Mladić), il a été traduit devant le Tribunal international de La Haye pour crimes contre l'humanité et génocide. Mort en prison en 2006, avant la fin de son procès, il reste le triste exemple d'une histoire qui se répète.

Oui, dans l'Europe du XXIe siècle, il est hélas encore possible que des dirigeants populistes, qui savent jouer sur la fibre nationaliste des peuples en période de crise, soient capables de précipiter des populations entières dans le chaos.

Quel humanisme ?

Si *La Vague* a eu un tel succès à travers le monde, c'est que cette version romancée d'une histoire réelle pose de vraies questions dérangeantes qui éveillent en nous un profond malaise.

Reconnaissons-le avec humilité, comme beaucoup de penseurs et de philosophes : un nazi sommeille toujours en nous. Prêt à adhérer aux pires solutions simplistes qu'on lui propose. C'est pourquoi, après la terrible saignée des deux guerres mondiales, les intellectuels de nombreux pays et de tous bords s'interrogent désormais sur le sens exact à donner au mot « humanisme ».

Ainsi, Jean Rostand nous invite à « savoir reconnaître l'humain jusque dans l'inhumain ». Quant à Michel Foucault, il constate que l'humanisation apparente de la société est un leurre. Selon lui, elle endort les masses et aide « une poignée d'hommes à dominer le troupeau ».

Bien sûr, il faut aussi prendre en compte l'échec de la famille, de l'école, la peur de l'autre, les problèmes socio-économiques. Bien sûr, nous manquons sans doute de cadres bien définis, de solidarité autour d'idéaux clairs et rassembleurs. Mais doit-on pour autant abdiquer tout esprit critique et notre liberté individuelle si chèrement acquise ? Sur ces points essentiels, le livre de Todd Strasser nous oblige à ne pas détourner les yeux...

En 1952 déjà l'écrivain Vercors mettait en scène dans sa pièce, *Les Animaux dénaturés*, les dangers de la « rhinocérite ». Car selon lui l'humanisme n'est pas inné ; c'est une dignité à conquérir, si toutefois on en est capable ! Comme il l'écrit : « L'homme n'est pas dans l'homme, il faut l'y faire éclore. » Refuser en nous ce que veut la bête, comme le disait Malraux.

Des films forts tirés de romans sont aussi là pour nous le rappeler.

En 1979, le roman de Günter Grass, *Le Tambour*, était magistralement porté à l'écran par Volker Schlöndorff. Oskar, un petit garçon doté d'une intelligence hors du commun, reçoit en cadeau pour son anniversaire, à la fin des années vingt, un petit tambour et décide ce jour-là de cesser de grandir. Il refuse ainsi de rejoindre un « monde des grands » qu'il observe avec un regard lucide et impitoyable. Figé dans son petit corps, tambour hautement symbolique au cou, il raconte la folie des adultes fascinés par le nazisme, l'horreur de la Seconde Guerre mondiale et ses conséquences.

Enfin, en mars 2009 sort la version française de *Die Welle* (*La Vague*). Dennis Gansel, réalisateur et coscénariste du film avec Todd Strasser et Peter Thorwarth, transpose dans l'Allemagne contemporaine l'histoire du professeur Ben Ross. Une histoire connue de tous les jeunes Allemands, car le livre de Todd Strasser est devenu dans les écoles une œuvre de référence. Une histoire toujours aussi dérangeante : écrite ou filmée, elle nous interpelle en posant les mêmes problèmes fondamentaux.

Comment s'y prendre pour lutter efficacement contre la tentation de « la vague » ? Ben Ross, pourtant animé des meilleures intentions pédagogiques et philosophiques, se retrouve « leader » malgré lui, son expérimentation ayant trop bien réussi !

Comment concevoir un « devoir de mémoire » qui aiguise sans cesse l'esprit critique de chacun et ravive notre vigilance ?

Ces questions – et bien d'autres – sont, aujourd'hui plus que jamais, au cœur de nos préoccupations.

Dans la collection

L'herbe bleue, Anonyme
La nuit des temps, René Barjavel
Le chemin parcouru, Ishmael Beah
La planète des singes, Pierre Boulle
Le désert des Tartares, Dino Buzzati
Un train d'or pour la Crimée, Michael Crichton
Survivre avec les loups, Misha Defonseca
S'il faut mourir, Junius Edwards
Le crépuscule des elfes T. 1
La nuit des elfes T. 2
L'heure des elfes T. 3
Jean-Louis Fetjaine
La vingt-cinquième heure, Virgil Gheorghiu
Au nom de tous les miens, Martin Gray
J'ai pas pleuré, Ida Grinspan et Bertrand Poirot-Delpech
Le journal de Zlata, Zlata Filipović
Fatherland, Robert Harris
À propos d'un gamin, Nick Hornby
LE JUGE D'ÉGYPTE :
1 – La pyramide assassinée
2 – La loi du désert
3 – La justice du vizir
Christian Jacq
Le procès, Franz Kafka
Confessions d'une accro du shopping, Sophie Kinsella
Totto-chan, la petite fille à la fenêtre, Tetsuko Kuroyanagi
Le cri de la mouette, Emmanuelle Laborit
Et si c'était vrai...
Sept jours pour une éternité
Où es-tu ?
Les enfants de la liberté
Marc Levy
Pourquoi j'ai mangé mon père, Roy Lewis
Journal d'une écolière soviétique, Nina Lougovskaïa
L'étoile noire, Michèle Maillet
Contours du jour qui vient, Leonora Miano
L'énigme des Blancs-Manteaux, Jean-François Parot
Les choses, Georges Perec
La vallée des mammouths, Michel Peyramaure
Une cicatrice dans la tête, Valérie Pineau-Valencienne
La momie, Anne Rice
L'attrape-cœurs, J. D. Salinger
Brûlée vive, Souad
La vague, Todd Strasser
Le pianiste, Wladyslaw Szpilman
Si loin du monde, Tavae
Loup, Nicolas Vanier
Le diable s'habille en Prada, Lauren Weisberger

Découvrez,
dans la même collection,
un extrait de
Journal d'une écolière soviétique
de Nina Lougovskaïa

8 octobre 1932

L'autre jour, c'est-à-dire le 6 octobre, Genia et Lalia[1] avaient décidé de faire une promenade à cheval. Elles s'étaient déniché des tenues pour elles et une en plus pour moi, puisque ce jour-là je n'avais pas classe[2]. Après, quand on est rentrées toutes les trois à la maison, j'ai encore dû subir une flopée de recommandations de la part de tout le monde. Enfin, bon... Maman n'était pas très chaude pour que je prenne part à la sortie, mais j'étais bien décidée à y aller quand même. J'avais déjà passé la veste d'équitation quand l'idée lui a traversé le cerveau que je risquais d'attraper froid. Genia et Lalia se sont un peu disputées avec elle. Finalement, elles sont parties sans moi. Ça m'a fâchée, mais pas vraiment désespérée.

Hier, en classe, on avait sciences sociales pendant les deux premières heures. Evtsikhevitch[3] est arrivé, encore plus tiré à quatre épingles que d'habitude, ce qui a déclenché des sourires et des blagues incroyables. Du coup, il a collé des rédactions à plusieurs

---

1. Genia (diminutif d'Eugenia) et Lalia (diminutif d'Olga) sont les deux sœurs aînées de Nina.
2. Nina va à l'école soit cinq jours soit six jours par semaine par alternance, dans la section de l'après-midi. Elle n'a donc pas classe le matin.
3. Professeur de sociologie.

garçons. J'ai promis à Staska[1] de l'aider à pondre la sienne et, maintenant, je le regrette un peu.

En quatrième heure, juste avant que S. S.[2] entre dans la classe, Levka[3] est allé se planter devant l'aquarium et s'est amusé à titiller les tritons à l'aide d'un crayon. À force, il s'est fait pincer le doigt. Le fou rire qu'il a pris !

— Ils ont de ces gueules, ils ont de ces gueules !

Il riait comme un petit fou et c'est presque en courant sur les bancs qu'il a gagné sa place.

— Oui, ton portrait tout craché ! lui a lancé Irina[4].

— Plutôt le tien ! a-t-il rétorqué, mais pas méchamment.

Je remarque un changement léger mais irréversible dans mes rapports avec les garçons. Je commence à m'en faire des amis (mon rêve depuis longtemps). Envers Levka, je ne ressens plus rien, maintenant, si ce n'est une petite sympathie. Après l'école, je suis allée chez Ira. J'y suis restée jusque tard. Pourtant, Genia et Lalia n'étaient pas encore là quand je suis rentrée à la maison.

Maintenant, il est dix heures et demie. Genia est au piano, alors je me dépêche de mettre par écrit le sentiment qui me vient lorsque j'écoute de la musique. J'aime incroyablement la musique, tellement que ça me fait mal. L'émotion qui m'envahit est si forte et si complexe que je ne crois pas qu'on puisse la rendre avec des mots. Quelque chose de tendre, de fragile et en même temps de douloureux excite mes nerfs en me pinçant agréablement et je

---

1. Garçon de la classe de Nina.
2. Professeur d'allemand.
3. Diminutif de Lev (Léon), élève de la classe de Nina, fils de Ioulia Ivanovna, professeur de mathématiques, responsable de la classe de Nina.
4. Amie de classe de Nina, également appelée Ira ou Irka. À la fin du livre, figurent les noms des personnages qui peuplent le monde de Nina, amies, amis, professeurs, membres de la famille, amis de ses sœurs.

sens alors que quelque chose demande à sortir de moi.

Comme j'aimerais être capable de joindre ma voix à celle de mes sœurs quand elles chantent, déverser en une sonorité unique et forte tout ce qui emplit mon cœur dans ces moments-là ! Malheureusement, tout ce que j'arrive à produire, c'est un bruit rauque et liquéfié, alors je me tais, laissant l'élan de mon âme mourir incompris. [...]

11 octobre 1932

Aujourd'hui, on n'a pas classe. Ce matin, je suis allée au pain. Le temps était froid et maussade. Après, j'ai joué aux cartes avec Genia, Lalia et Nikolaï[1] C'est lui qui a gagné. En ce moment, je suis d'une humeur de chien. Je n'ai envie de rien. Je me rappelle la journée d'hier avec nostalgie. Pendant le cours de chant, Levka et Staska n'ont pas arrêté de faire des messes basses en nous montrant du doigt.

Xioucha[2] a été odieuse, selon sa bonne habitude. Sur le chemin du retour, j'en étais encore exaspérée. Ses ricanements et les bavardages d'Irina n'ont pas arrangé les choses. Je me sentais déçue sans raison, mais c'était bien ce sentiment-là, et il m'accablait. Pourquoi me suis-je conduite comme ça à l'école, aujourd'hui ? Quand donc apprendrai-je enfin à me contrôler ? Moi qui m'étais promis de ne pas m'approcher de Levka, je n'ai rien trouvé de mieux que de m'installer au pupitre juste à côté du sien. Pareil après, à la sortie. Là, je me suis mise à scruter les parages de tous mes yeux et, ensuite, quand Levka est apparu, j'ai crié frénétiquement avec les autres alors que je m'étais juré sur ce que j'ai de plus cher au monde de ne pas me laisser aller à ça ! Comment

---

1. Nikolaï Keller (diminutif Kolia) : cousin de Nina.
2. Amie de classe de Nina (diminutif de Xenia).

se fait-il que des décisions raisonnables soient suivies d'actions aussi totalement écervelées ?

[...] Qu'est-ce que la vie ? Et pourquoi est-ce qu'on vit ? À cela, on me répond : « Vis pendant que tu es vivante. » Facile à dire. Tu tombes amoureuse dans tes jeunes années, tu te maries, tu fais des enfants et, à la fin de ta vie, tu te retrouves à préparer les repas pour tout le monde, enfermée bien au chaud dans un marmonnement qui n'en finit pas. Et ce serait ça, la vie ? Comment peut-on avoir envie d'une vie pareille ?! Moi, je veux devenir quelqu'un de grand. Les rêves, les rêves, les rêves. Voilà bien tout ce qui me permet de me sentir heureuse.

Oh, comme j'aime écrire ! Après, je me sens apaisée. Comme si une main inconnue avait remis de l'ordre dans mon cœur, en avait retiré tout ce qui pouvait me procurer de l'inquiétude. Sans rien oublier.

13 octobre 1932

En deuxième heure on avait gymnastique, mais le prof n'est pas venu. Comme les garçons n'étaient pas très sages, la maîtresse de la classe d'à côté a eu vite fait de débarquer. Avec son air d'ouvrière affichée au tableau d'honneur, elle nous a collé une rédaction à partir des mots suivants : « impérialistes, capitalisme, opportunistes, enthousiastes, ouvriers de choc, société nouvelle ». [...]

17 octobre 1932

Maman vient de rentrer. Elle a demandé à mes sœurs d'aller faire les courses. Comme de juste, la question s'est réglée dans les chamailleries. Pendant ce temps-là, je tremblais dans ma chambre comme si j'avais la fièvre, en priant Dieu pour qu'on ne se rappelle pas mon existence. À l'heure qu'il est, Genia et Lalia en sont toujours à se disputer. Ô Seigneur ! C'est drôle, mais c'est pathétique aussi. Force est de constater que nous nous entendons tous très mal. Papa et maman aussi se querellent souvent. Mais nous, on se dispute plus souvent encore. [...]

21 octobre 1932

Chaque fois que j'imagine en rêve quelque chose de noble, ce rêve s'écrase contre la réalité – affreuse mais éclatante. Qu'ils sont purs, les hommes et les garçons de mon imagination ; et que les vrais sont mesquins et dépravés ! Que la réalité est cruelle ! Avec quelle brutalité elle vous bouscule l'âme ! Pourtant Levka me plaît assez, avec sa silhouette si mince, si élastique.

Hier, on nous a fait rentrer en classe pour mauvaise conduite. Levka a couru jusqu'à mon pupitre et s'est emparé de mon stylo en s'écriant : « Oh, Louga a oublié son stylo ! » J'ai attrapé sa main avec force et, sur un « merci » moqueur, j'ai récupéré mon bien. Après, il est allé s'asseoir à sa place en silence. J'ai gardé longtemps la sensation de sa main fine sous mes doigts. Maintenant, je me demande s'il s'intéresse un tant soit peu à moi. Bien sûr, c'est difficile à dire, on ne voyait rien. Malgré tout, des étincelles d'espoir brillent en moi.

Vivre... Comme la vie est compliquée et simple à la fois ! <u>Et si je m'empoisonnais ? J'en ai envie parfois. Plus exactement, je m'imagine en train de le faire, tout en sachant parfaitement que je ne le ferai pas</u>[1]. Et pourquoi je ne le ferais pas ? À cette question, je ne peux que hausser les épaules et lever les sourcils d'un air perplexe. Prenez Genia et Lalia.

---

1. Les textes ont été soulignés par l'inspecteur du NKVD (futur KGB) après confiscation du journal, lors de la perquisition de 1937. Ces passages ont été joints au dossier en tant que preuves factuelles confirmant « les opinions contre-révolutionnaires de l'inculpée ».

Elles sont déjà à la fac alors que, moi, j'ai encore des années d'école à tirer. Ce n'est pas demain la veille que je pourrai annoncer chez moi sur un ton indifférent : « Je sors avec des amis. »

22 octobre 1932

Je vais essayer de décrire cette journée dans ses moindres détails. Donc, je suis partie de la maison à une heure moins trois. Dehors, il faisait froid et humide. Depuis le matin, il tombait une bruine glacée. J'ai marché jusqu'à l'arrêt d'autobus, là où nous nous retrouvons d'habitude avec Ira et Xioucha. J'ai décidé de les attendre un peu. Je n'avais pas envie de faire le chemin toute seule. Mais elles n'arrivaient pas et la pluie continuait. On aurait dit que cette noirceur d'automne humide et terne ne finirait jamais. J'ai décidé de prendre le tram et je me suis dirigée vers l'arrêt.

Le chauffeur était déjà assis sur son siège. Je suis montée dans le wagon. Il n'y avait pas beaucoup de monde, mais la simple présence de ces quelques voyageurs a suffi à m'oppresser. Le silence désagréable qui y régnait, les visages de ces inconnus que j'avais à la fois peur et envie de regarder, tout m'intimidait. Je suis allée m'asseoir à une place libre sans regarder personne. Là, après un coup d'œil au jeune garçon assis en face de moi, je me suis tournée vers la fenêtre dans l'espoir d'apercevoir Ira ou Xioucha. Le tram a démarré. J'ai scruté la rue. Je ne distinguais qu'un défilé de silhouettes brouillées. Une tape sur l'épaule et un sonore : « Billet, citoyenne ! » m'ont fait reprendre pied dans la réalité. Je me suis retournée et j'ai tendu vingt kopecks au receveur en disant machinalement : « Un ».

Il n'y avait pas grand monde dans le vestiaire et peu de manteaux accrochés. Près de notre section, il y avait plusieurs élèves de ma classe, garçons et filles mélangés. En silence, je suis allée à l'autre bout. J'ai retiré mon manteau lentement, j'ai enfoncé mon chapeau dans la manche puis, sans raison, j'ai ouvert et refermé mon cartable. Je n'avais pas envie d'entrer seule dans la classe, mais je n'avais rien à faire là. J'ai donc monté l'escalier et traversé le préau. Après, je suis entrée dans la classe avec un groupe de filles qui arrivaient, elles aussi, du vestiaire.

Près de la porte, debout sur une table, il y avait d'un côté Staska et Alka, de l'autre Levka, et ils se donnaient la main en se retenant de l'autre à une sorte de tuyau, sur le mur. « Essaie aussi, Louga. Monte, donne la main. » J'ai posé mon cartable. Assise sur un pupitre, j'ai tendu une main à Alka et l'autre à Levka. C'est bizarre, n'est-ce pas, mais j'ai senti du courant passer dans mon corps. Levka serrait doucement mes doigts. Soudain, quelqu'un a crié : « Faites gaffe ! », et tout le monde s'est égaillé comme une volée de moineaux. S'est instauré alors un silence anxieux. Un homme s'est encadré dans la porte. Il a promené les yeux sur la classe, puis il est reparti en marmonnant dans sa barbe. Levka a crié :

— Staska, pose-toi là !
— J'arrive.

Nous avions géographie en première et deuxième heure. Le prof nous a interrogés. Pendant tout le cours, nous avons échangé des petits mots avec les garçons. Plus facile à dire qu'à faire. Nous avons bien vu que les autres filles nous regardaient en ricanant, mais c'était trop tard. Nous étions dans cet état d'esprit où vous savez parfaitement que vous êtes en train de faire une bêtise, mais où vous la faites quand même parce que c'est plus fort que vous. En fait, je ne me souviens plus très bien si, à ce moment-là, j'avais conscience ou non de faire une bêtise. En réalité, je ne pensais qu'à Levka et à rigoler. Pendant la récré, nous avons repris nos esprits : nous nous sommes promis d'arrêter ces enfantillages.

Les cours ont passé à une vitesse fulgurante. En allemand aussi, il y a eu interro. Levka était assis soit derrière nous, soit à côté. Involontairement, je lui jetais des coups d'œil un peu craintifs, comme si je commettais une mauvaise action. Il a surpris mon regard et m'a lancé :

— Tu veux que j'éteigne la lumière ?
— Pas cap' !
— Quoi ?
— Chiche ?

Comme il se détournait sans répondre, je me suis dit qu'il n'avait pas compris. Mais si, parce qu'il a bel et bien éteint la lumière. La classe s'est retrouvée plongée dans une agréable pénombre. Le visage de la prof, assise en contre-jour, n'était plus qu'une tache sombre. Levka a rallumé. Puis il a éteint encore et de nouveau rallumé. « Qui fait des siennes, derrière ? C'est toi, Popov ? Allez, viens t'asseoir devant. » Elle lui a désigné un pupitre au premier rang, le nôtre. Il a changé de place en prenant un air soumis.

Le soir

À la maison, quand maman est rentrée, Maria Fiodorovna[1] a raconté que toute une famille d'une rue voisine avait été tuée pendant la nuit, à six heures du matin, le père, la mère et leur petite fille. L'histoire ne m'a pas fait grande impression. Une heure plus tard, en reprenant mon journal, je n'y pensais même plus.

Mais vers dix heures du soir, quelqu'un a frappé à la porte. Des coups très forts.

— Demande qui c'est, ai-je dit à maman qui s'était levée pour aller ouvrir.
— Qui c'est ?
— Nous, ont répondu mes sœurs.

Elle a ouvert. Genia et Lalia sont entrées, la mine sombre.

— Courez vite chez grand-mère, les filles. Elle vous a gardé à dîner.

---

1. Tante de Nina, sœur de son père, Sergueï Fiodorovitch Rybine.

— Non, a répondu Lalia d'une voix étouffée sans regarder maman.

— Qu'est-ce qui se passe ? Vous avez l'air désespérées.

— Je te le dirai tout à l'heure, pour le moment je ne peux pas, a laissé tomber Genia, le visage fermé, pendant que Lalia s'écroulait en larmes sur le tabouret, les coudes sur la table.

— Mais enfin, allez-vous me dire de quoi il s'agit ? Papa a été assassiné ?

— Non.

— Alors, quoi ?

J'ai pensé tout bas que Vania[1] s'était peut-être tiré une balle dans la tête.

— Mais parlez donc ! a insisté maman. Je commence à être inquiète.

— Maman... la famille de Choura a été assassinée...

— Quelle Choura ? s'est écriée maman sur un ton bouleversé. Kolebanskaïa[2] ?

— Oui. Ce matin. Tués dans leur lit pendant qu'ils dormaient. Le père a eu la tête tranchée, la mère le crâne défoncé. Choura vit encore mais...

— Qui a fait ça ?

— Un fou qui partage leur appartement[3]. Choura s'est réveillée et s'est précipitée à la fenêtre en hurlant, mais il a eu le temps de lui balancer sa hache dans la figure.

Je restais à écouter cette histoire sans que mon visage exprime quoi que ce soit. Un sentiment pesant, que je ne comprenais pas, m'envahissait et aussi la colère, une colère désespérée contre ce type immonde. Que la vie est laide ! Je me suis rappelé

---

1. Diminutif d'Ivan, ami des deux sœurs aînées de Nina.
2. Amie des trois sœurs, dont la mère était amie avec la mère de Nina.
3. En raison de la crise du logement, les appartements de grande taille, réquisitionnés après la Révolution, abritaient plusieurs familles qui partageaient les sanitaires et la cuisine. Cette situation a perduré même après la fin du régime soviétique.

le récit de Kouprine[1]. Quelle horreur, quelle abomination ! Il faut s'imprégner de ce que sous-entend ce récit, se représenter Choura en train de se débattre, sa mère blessée gisant sous ses yeux. Quand je pense qu'hier elle est passée nous voir ! Elle était si gaie, si jolie... une jeune fille de quinze ans avec d'immenses yeux bruns, des joues et des mains toutes douces. Elle était si joyeuse, presque insouciante. Je me rappelle notre conversation. Et maintenant elle est à l'hôpital. Quelle horreur !

La pensée qu'après une tragédie pareille la vie pouvait reprendre son cours normal a décuplé ma tristesse. Genia s'était assise devant sa planche à dessin, Lalia s'était couchée et maman faisait je ne sais plus quoi. Comme si de rien n'était. C'est affreux. Comme s'il ne s'était rien passé du tout. Quant à moi, je n'ai qu'une envie : tuer de mes propres mains ce salaud qui sera sûrement déclaré fou et s'évitera ainsi le peloton d'exécution. Je ne peux pas y croire. Ma joie et tous les événements de cette journée me paraissent insignifiants comparés à l'abomination qui s'est produite : quelque chose d'énorme, de net et sans bavure.

24 octobre 1932

L'ennui, l'ennui infini et le vide tout autour.

Selon sa bonne habitude, Levka me manifeste un intérêt égal à zéro, quand il ne me réserve pas des kilos de mépris. Ses yeux passent à travers moi sans me voir. J'ai bavardé avec lui plusieurs fois. Ça m'amuse beaucoup. Pourquoi mentir, ça me fait assez plaisir de voir qu'il me regarde.

---

1. Alexandre Ivanovitch Kouprine (1870-1938) : écrivain russe célèbre. Son récit *La Tentation* traite de la nature du hasard. Un mari revient auprès de sa femme aimée après des années de tribulations ; au dernier moment, il périt sous les roues du train qui le ramenait à destination.

Pendant les cours, je n'ai pas arrêté de me bagarrer avec les garçons. En gros, je me sentais en pleine forme. En allemand, Levka m'a soufflé sans vergogne. Le nez sur le tableau, j'avais du mal à garder mon sérieux. En revanche, à l'atelier, je ne me sentais plus très bien. Les yeux fixés droit devant moi, je sciais mollement mon bout de bois en chantonnant l'air de *Carmen*. J'avais mal au ventre et le cœur lourd d'angoisse. Mes yeux passaient d'Ira et de Zina à Levka, installé aujourd'hui face à nous, et aux autres garçons.

Vers la fin du cours, Xioucha s'est approchée de moi et m'a serrée dans ses bras. Puis elle m'a regardée en souriant. J'ai plongé les yeux dans son regard bleu limpide en chantant tout bas : « Si tu ne m'aimes pas, je t'aime, et si je t'aime, prends garde à toi », sans plus chercher à dissimuler mon angoisse. Xioucha m'a dit dans un rire, en levant légèrement ses fins sourcils : « Nina, j'ai envie de pleurer. » Comme je la comprenais ! Ça a été pour moi insupportable et merveilleux de sentir qu'il y avait au moins une personne sur terre qui savait ce qui se passait dans mon cœur.

Pendant tout le trajet du retour, nous avons discuté de Iou. I. et de ses relations familiales. Ça nous amusait beaucoup de l'imaginer chez elle – et pas seulement elle, Levka aussi. [...]

27 octobre 1932

Rien de spécial dans ma vie d'écolière. Levka ? En ce qui me concerne, j'ai l'impression que tout est fini. Aujourd'hui, j'ai surpris plusieurs fois son regard posé sur moi et je n'ai rien éprouvé du tout – juste un léger contentement. Après, quand je l'ai vu regarder d'autres filles, ça ne m'a presque pas dérangée. À vrai dire, tout ça est assez ennuyeux.

Iou. I. est venue au dernier cours, accompagnée de Kirioucha[1]. Ira a dit qu'en le voyant Levka s'était précipité pour le prendre dans ses bras et l'embrasser. Je n'ai pas assisté à la scène, n'étant pas dans la classe à ce moment-là. Plus tard, alors que je quittais le vestiaire, mon manteau sur le dos, j'ai aperçu Levka et Kiriouchka près de la porte. La même pensée est revenue me lanciner : « Mais quels rapports ont-ils donc, dans cette famille ? » Maintenant, je sais au moins une chose : Levka aime son petit frère.

Hier, je suis allée au théâtre voir *Le Paquet sur le poêle*[2]. Au début, ça ne m'a pas tellement plu, puis le dénouement inattendu a rendu toute la situation plus intéressante. Pendant l'entracte, avec Ira, on est allées dans le foyer et on s'est mêlées à la foule bariolée des femmes en robes de soie. De les voir parader dans leurs chiffons avec tant de bonheur m'a laissé une impression déplaisante. [...]

2 novembre 1932

Je n'avais pas écrit trois mots que maman m'a appelée pour le thé. J'ai abandonné mon journal sur la table et suis allée retrouver tout le monde dans sa chambre. Il était onze heures et demie du soir. J'ai raconté à maman ma journée à l'école. Nous avons ri toutes les deux et dit des bêtises. Soudain, de violents coups à la porte ont retenti. Betk[3] s'est mise à aboyer furieusement. Je me suis levée d'un bond, prise d'un tremblement nerveux de tout le corps comme cela arrive parfois quand un bruit inattendu

---

1. Fils de Iou. I. d'un second mariage, demi-frère de Levka. Iou. I. est divorcée et Levka a souffert de la situation. C'est pourquoi Nina s'étonne des relations qui unissent les deux frères. (*N. d. T.*)
2. Spectacle du Premier Studio du Théâtre d'Art de Moscou, ou MKhAT (équivalent de la Comédie-Française), adapté d'un roman de C. Dickens. Célèbre mise en scène de 1915.
3. Betka ou Betty, le caniche de la famille.

vous a fait sursauter. D'une main, j'ai attrapé Betka par la peau du cou et j'ai demandé : « Qui c'est ? », tout en me dirigeant vers la porte.

Une grossière voix d'homme a crié : « Le concierge ». J'ai compris tout de suite de quoi il s'agissait, même si j'avais encore un tout petit doute au fond du cœur[1]. J'ai reposé le chien et j'ai ouvert après une courte hésitation. Le palier n'était pas allumé et l'escalier était dans le noir lui aussi, de sorte que je ne distinguais que les contours de l'homme devant moi : un type à grosse moustache, portant une veste usée et une casquette. En apercevant un second visage, je me suis figée – le temps d'une seconde, peut-être – en me demandant si je les faisais entrer ou pas. Très vite, je me suis écartée pour les laisser passer : le concierge, deux militaires et deux simples soldats de l'Armée rouge.

Entre-temps, maman s'était encadrée sur le seuil de sa chambre.

— L'appartement est au nom de qui ? a demandé le premier homme (un Russe) qui portait une capote flambant neuve.

— Lougovskaïa.

— Et Rybine, il habite ici aussi ?

— Oui, a répondu maman en désignant papa[2].

Après toutes sortes de formalités, ce même militaire a tiré de sa poche deux feuilles de papier qu'il a dépliées et tendues l'une à maman, l'autre à papa en disant :

— Voilà pour vous, et voilà pour vous. Combien de pièces occupez-vous ? a-t-il demandé à maman.

— Tout l'appartement.

---

1. Nina sous-entend : perquisition. En effet, quatre ans plus tôt, son père a été arrêté (ainsi que les membres de sa coopérative ouvrière) et exilé dans le Grand Nord pour une période de trois ans. Il vient d'en revenir. (*N. d. T.*)

2. Rybine est le patronyme de la famille. Lougovskoï et Lougovskaïa pour les femmes sont un nom d'emprunt, d'origine révolutionnaire, formé d'après le nom de Luga – ville natale de Rybine. (*N. d. É.*)

— Donc, toutes ces pièces sont à vous ?
Le concierge est intervenu :
— Oui, la totalité. Puisqu'elle dit « tout l'appartement », ça veut dire que tout est à elle.
Pendant ce temps, le Russe demandait à papa :
— Est-ce que vous avez de la correspondance ?
— De la correspondance ? Non, je ne vois pas, je n'ai rien, a répondu papa d'une voix calme mais teintée de mépris.
— Bon. Et de la littérature ?
— Tout ce que j'ai est ici.
Il a ouvert l'armoire jaune et a désigné deux étagères avec des livres.
— Cherchez.
— Bon, eh bien, nous allons regarder les autres pièces, a déclaré le second militaire.
Lui, il portait un blouson de couleur fauve, la même casquette que l'autre, et un pantalon bleu marine très large.
— Je vous en prie.
Il est passé dans la chambre de Genia et Lalia, a retiré son blouson et l'a posé sur la table, puis s'est mis à fourrager parmi leurs livres et leurs cahiers. Restée dans le couloir, je me rongeais les ongles tout en observant le déroulement de la perquisition. J'avais l'air tranquille mais, à l'intérieur, je bouillais de colère et de haine pour ces deux types.

[...]

Cet ouvrage a été imprimé en France par

à Saint-Amand-Montrond (Cher)
en novembre 2010

Cet ouvrage a été composé par
PCA - 44400 REZÉ

 12, avenue d'Italie – 75627 PARIS Cedex 13

— N° d'imp. : 101446. —
Dépôt légal : mars 2009.
Suite du premier tirage : novembre 2010.